櫻花莊的寵物女孩 7

鴨志田 一
Hajime Kamoshida

插畫 溝口ケージ
illustration Keji Mizoguchi

椎名真白
升上水明藝術大學附屬高校美術科三年級。以少根筋的煽情發言把空太耍得團團轉的生活白痴少女。住在202號室。
「最近，覺得這邊怪怪的。」
真白手撫著胸口。
「一看到空太，就覺得怪怪的。」
帶著些許困惑的眼神凝視著空太。
「搞不太懂，覺得悶悶的。」

空太因為跟剛才不同的原因，胸口一陣悸動。
雖然之前就知道了，
不過今天的真白帶點溫暖，
看來格外可愛。
「所以才決定要畫畫。」

「該怎麼說呢，這不太妙。」
「怎麼說？」
「青山的大腿……實在太舒服了。」
明明只是直率地稱讚而已，
迎面而來的卻是七海的拳頭。
「神、神田同學，你在說什麼啊！」
「哇！住手！妳下手也輕一點嘛！」

青山七海
升上普通科三年級，與空太
仍是同班同學。沒放棄成為
聲優的夢想而繼續努力。住
在203號室。
神田空太
升上普通科三年級。受到真
白的影響，以遊戲開發者為
志向。住在101號室。

長谷琹奈
普通科新生，在入學典禮代表致詞的優等生。不知為何在走廊上掉了內褲。
「你、你看到了嗎？」

姬宮伊織
音樂科新生。一入學就被流放到櫻花莊，住在103號室。是皓皓的弟弟。
「我要談戀愛!!」
赤坂龍之介
升上普通科三年級，再度展開足不出戶的繭居生活。住在102號室。
嗯……春天的番茄果然比較不甜啊。

CONTENTS

第一章 早已開始啟動的春天——11
第二章 遺落內褲的灰姑娘——125
第三章 青山七海的決定——195
第四章 他與她與她的情感——275

寵物女孩

7

Kadokawa Fantastic Novels

在水高迎接的第三個春天。

有日復一日的日常生活，也有全新的開始。

內心的期待與不安各占一半。

在這其中，情感已經啟動。

不管怎樣都壓抑不住，各自想著某人的心情……

第一章 早已開始啟動的春天

1

空太的心臟撲通撲通激烈跳個不停。

「妳說突然有話要對我說……是什麼事？」

說話的對象是綁馬尾的少女……七海。

「嗯，是還滿重要的事……吧。」

低著頭的七海臉頰泛紅，回答聽得不太清楚。

「……」

「……」

困惑、猶豫，對於踏入的不安與想踏入的勇氣……混合這些的獨特緊張感包圍兩人。

「我……一直有話想對你說。」

「這樣啊……」

「嗯，我……」

「……」

七海像是要讓自己振作起來，猛然抬起頭。

「我一直、一直……」

「……」

被這樣的七海所散發出來的氣氛吞噬的空太，好不容易嚥了嚥口水，身體完全動彈不得。在一臉窩囊的空太眼前，七海露出開朗的笑容。

接著，她帶著美麗的笑顏說出非常重要的心情。

「我一直喜歡著你。好喜歡你。」

「……」

「……」

感覺加快速度的心跳，已經傳達到身體外面了，說不定連七海都聽得到。一定聽到了。

空太沒發出聲音，花了很長的時間緩緩吐氣。

答案已經確定。早就已經確定了。

因為情感與詞彙已經鮮明地浮現在腦海……

剩下的只是說出口了。

「我也一樣，有同樣的心情。我也……」

好不容易擠出來的，是因為緊張而沙啞的聲音。要更明確回應才行……即使腦袋很清楚，身體卻對極度的壓力很老實地反應出來。因為這樣，說出「我也……」之後便沒再發出聲音。

四月八日。

新學期第一天的早上，晴朗的藍天令人心情愉悅，是舒適的好天氣。

從窗簾縫隙射進來的陽光，清爽地照亮水明藝術大學附屬高等學校的學生宿舍……櫻花莊101號室。

「嗯嗚～～」

不過相對於朝陽，這間房間的主人神田空太卻發出作惡夢般的呻吟醒了過來。

在還沒完全清醒的視野裡，有白色的臀部。空太心想又是貓，一如往常想要推開。

「啊嗯！」

卻聽到這樣親熱的聲音。

「最近的貓都會講話了嗎……」

空太揉揉惺忪睡眼，仔細確認眼前的物體。是屁股。沒錯，只不過與預想的有很大的不同。

原以為是白貓小光，但現在出現在空太視野裡的卻是人類的臀部。白色的東西是內褲。

「哇、這是什麼啊！」

空太慌張地起身，睡意瞬間全消。

他再度確認狀況。一醒來眼前就是臀部，裙子是見慣的水高制服。上半身用毯子裹著，所以看不到臉，就是所謂藏頭露尾的姿勢。這究竟是怎麼回事？無法以常識思考。

不過，空太卻出乎意料冷靜。對於會突然來到自己房間並跑到床上的人，可能的只有一個。

那就是住在202號室的椎名真白。

「喂，椎名。」

看她睡得很熟的樣子，大概叫不醒吧。

但出乎空太預料，對方立刻有了回應。

「你叫我嗎？」

不過聲音不是來自床上，好像是從背後傳來的。空太轉過頭去確認，就看到穿著睡衣的真白站在房間門口。

「妳瞬間移動了嗎？」

真白不理會驚訝的空太，視線立刻朝向床上。她的目光捕捉到的，大概是小巧的屁股。很遺憾，看來似乎不是瞬間移動。麻煩的是，臀部的主人與真白並不是同一個人。

「空太。」

真白的眼神表示質問。她帶著責備的氣息，讓空太的身體輕易就因動搖而僵住。

「不、不是啦，這絕不是把某人帶進房間，一陣翻雲覆雨後隔天早上的景象啦！」

空太急忙辯解。明明就沒做什麼壞事。

「那個女人是誰？」

「可不可以不要搞得好像抓姦在床一樣！」

「是誰？」

「如果不是椎名，大概就是非法入侵者吧。」

「這樣啊，那就好。」

「一點也不好！會對保全感到很不安啦！話說，到底是誰啊……」

空太戒慎恐懼地把視線移回來，真白也走進房裡。

好了，現在該怎麼辦才好？只要把毯子掀開就真相大白了。不過老實說，很害怕確認，也許報警比較好。

總之，為了遺忘眼前的現實，空太向真白開口。

「話說回來，妳今天竟然自己就能起床啊。」

「我正準備要睡覺。」

「原來只是熬夜畫漫畫原稿啊……」

真白不但是女高中生，同時也是在月刊上連載的漫畫家，而且還以畫家身分受到全世界的高度評價。

這樣的真白，肚子很可愛地發出了咕嚕聲。

「好像是肚子餓了。」

「妳是因為這樣才來我房間嗎？」

雙手放在肚子上的真白點點頭。

「吃完我就要睡了。」

「那可不行。今天開始就是新學年的新學期了。」

「新學年的新學期？」

「之前好像也有過這樣的對話吧！從今天起又要開始上課了。」

「讓給空太。」

「妳也得去啦！」

「我知道了。我要睡了。」

「妳根本什麼也不知道啦！應該說，不要在這裡睡覺！」

空太拚命阻止企圖爬上床的真白。

「況且，床上已經有人了。」

空太與真白的視線再度落在裹著毯子的人身上。看來似乎是沒辦法避開這個問題了。

「真是礙事。」

真白不容分說就把毯子扯開。

「嗚哇～～！妳真的出手啦！還真是天不怕地不怕啊！」

即使感到驚愕，空太的目光還是仔細確認謎樣人物的真面目。

「啥？」

然後忍不住發出痴呆的聲音。

從毯子底下出現的是一張非常熟悉的面孔。因為，好歹是有血緣關係的妹妹。只見她正流著口水，一臉白痴樣地狂睡。今年應該已經十六歲了，不過外表看來還很小，搞不好說她是小學生也會有人相信。

「為什麼她會在這裡啊？這是什麼……夢嗎？」

如果是在作夢，那絕對是惡夢。

「喂，快起來，優子！」

空太毫不客氣地搖動她的肩膀。

「嗯？啊，哥哥早安。」

優子起身，似乎還沒完全睡醒。她輕輕坐在床上，一邊揉眼睛一邊往上看著空太與真白。

「妳來啦，優子。」

「我來啦，真白姊！為了一決勝負，看誰才配得上哥哥！」

不知為何，真白與優子開始像是互相凝視般互瞪。兩人之間冒出了像仙女棒那樣的火花。

「等著吧，哥哥！優子馬上就會變成問題學生！然後被趕出一般宿舍，搬進來櫻花莊！」

「不，別過來。」

「不要那麼冷靜地拒絕啦！」

「優子是不可能進櫻花莊的。」

真白也加以追擊。

「才不會不可能呢！」

「妳還早了十年。」

「我沒辦法留級那麼久啦，怎麼辦？哥哥！」

「不，以優子的腦袋是有可能的。」

「怎麼這麼肯定？不過，事情可沒那麼容易！」

「妳這是在亢奮什麼？」

算了，反正早就知道這沒什麼意義了。

「我有了可靠的夥伴——宿舍友的存在！」

「那是新的手機優惠方案嗎？」

「同宿舍的室友！簡稱宿舍友啦。哥哥連這個都不知道嗎？真是落伍～～！」

被口齒不清的聲音如此批評，莫名覺得火大。

「應該說，這種事根本就不重要。就大前提來說，為什麼落榜的優子會出現在這裡啊？」

這是最初也是最大的謎團。空太在放榜的那天，用自己的眼睛確認了。確認優子落榜……

「老實說吧，因為優子考上水高了！」

她說著得意地用力挺出沒料的胸部。

「優子。」

「什麼事？哥哥要祝賀我嗎？」

「快醒醒吧。」

「人家是清醒的啦！」

「快從妄想中醒過來吧。沒想到妳連制服都準備了，還特意從福岡來到這裡，實在很讓人倒胃口。」

「稍微倒胃口就好了啦！」

看來倒胃口似乎也無所謂的樣子。

「咦？好像搞錯了……還是不要覺得倒胃口啦！」

似乎仔細想了想才覺得不太好的樣子。

「優子是真的考上了啦。沒道理讓哥哥覺得倒胃口！」

「考上了？別說蠢話了。對吧，椎名？」

空太想徵求同意而尋找真白的身影，才發現她不知何時已經蜷曲在床的角落，正發出規律安穩的睡眠呼吸聲。

「呼……呼……」

看來這樣很難獲得她的同意。

「重新振作一下，再回到正題吧……」

「還記得優子的准考證號碼嗎？」

「嗯？喔，我記得是『９９』吧。」

「可是！那其實是為了隱居避世的偽裝！」

總覺得隱約知道答案了。雖然應該不會有這種事，不過如果是優子就很難說了。因為空太的妹妹是個笨蛋。

「如果妳說其實是『６６』，我就要跟妳斷絕兄妹關係喔。」

「哥哥，你的眼神是認真的耶！」

「廢話！話說回來，妳剛剛說的也是認真的嗎！」

「不是常有這種事嗎！會把『粟田』跟『栗田』弄錯之類的。」

「根本就完全不一樣吧！」

「因為『荻野』跟『萩野』就很容易搞混嘛！」

「妳到底在講什麼……總之，先給我向全國姓栗田、栗田、荻野、萩野的人道歉。」

「對不起。」

「不過，妳還真是很驚人啊……我打從心底不希望妳是我有血緣關係的妹妹。」

到底要怎樣才能把重要的准考證號碼讀反呢？

「被說這麼殘酷的話，我實在太可憐了！」

「因為優子上榜而讓不知道在哪裡的某人落榜，那才叫殘酷，而且那個人才真的可憐。妳也給我誠懇地向那個人道歉。竟然會一不小心就考上了……」

「才不是一不小心呢！考試前一天，我問了七海姊可能會出的題目，結果漂亮地幾乎全部命中喔。很厲害吧！」

「……青山，為什麼要做這種事……」

「哥哥還是趕快承認吧！在這個世界上，確實有像優子這樣運氣好的人存在喔。」

「雖然實際上可能是這樣沒錯，不過當面聽到這種話，還真是讓人火大啊！」

努力不見得會得到自己想要的回饋。對於這一點，空太在這一年裡已經有了沉痛的體會。倒不是說優子完全沒念書，只能說猜考試題目的運氣很好。不然就憑優子的學力，應該不可能考上水高。

「那麼，優子穿制服的樣子如何啊？好看嗎？適合嗎？已經快受不了了？因為想讓哥哥搶先看到，所以優子鼓足了幹勁呢！」

「既然這樣，為什麼會睡著啊？」

「太早起床了，所以就睏了嘛。」

「……我想也是。」

「欸，怎麼樣？優子正不正？」

空太的目光在優子身上從頭到腳掃了一遍。

「不適合到讓人萎靡的地步呢。」

空太極度冷淡地說出真心話。

「又來了，哥哥還會害羞，真是可愛呢。」

「不，是真的很不適合。」

「就算是客套話也好，這時應該要說超乎尋常地適合吧！」

「可是，真的超乎尋常地不適合啊。」

「怎麼可能有這種蠢事！」

「蠢蛋！」

空太指著優子。

「才不是啦！」

「接受現實吧，優子。不適合就是不適合。」

「咦～～真的嗎！」

「嗯，實在是怪到無止境的地步。」

水高的制服其實很挑人穿……空太也不覺得自己穿起來好看。倒是覺得真白很適合……

「雖然優子也隱約這麼覺得……怎麼會這樣～～怎麼辦？丟臉得沒辦法走在路上了啦！」

「現在行動也還不遲。趕快謝絕上榜，回福岡去吧。」

「嗯，說得也是……也只能這麼做了……」

從床上站起身的優子，啪噠啪噠走向房門口。不過，中途像是察覺到什麼，猛然轉過頭來。

「不對，以為優子會被那樣高超的話術欺騙，那你就大錯特錯了！」

「哥哥我認為，妳的存在本身才是大錯特錯。」

「接受現實吧，哥哥！優子是真的考上了！」

「……那麼，總之我先跟媽媽確認一下。」

空太也很在意溺愛女兒的爸爸狀況怎樣。

他從書桌上拿起手機，撥了老家的電話。

電話很快就接通了。

『是我。』

原本以為會是媽媽接電話，傳到耳裡的卻是不高興的男性粗聲。是爸爸。

「好孩子不可以模仿，能不能請你不要用這種缺乏常識的方式接電話？」

『最近因為零用錢減少了，手頭很緊，你馬上把錢匯到我接下來說的帳戶。』

「為什麼會是接電話的一方詐欺啊！」

『因為我手頭很緊。』

被削減零用錢大概是真的。他的聲音聽起來很沮喪。

「欸，老爸。」

『我沒理由要被你叫老爸。』

「明明就有吧！我是你兒子！你知道吧？我是空太啦！」

『我當然知道。最近的電話螢幕都會顯示對方的號碼喔。你連這種事都不知道嗎？這樣可是會跟不上文明喔。』

「與其說最近，就我而言，從懂事以來就一直是這樣了。」

『你那是什麼意思？炫耀自己很年輕嗎？』

「沒有……為什麼我……」

為什麼我非得用年輕來跟老爸對抗啊——空太正想這麼說，不過還是覺得算了，沒必要講些多餘的話浪費時間。

「你不用上班嗎？」

平常這個時間應該已經出門了。

『因為正準備出門的時候，不肖的兒子打電話來，沒辦法只好接聽了。』

「有必要加上不肖嗎？沒必要吧？不管怎麼想都不需要吧。」

『你那是什麼跟爸爸講話的口氣啊？』

「你剛剛明明才說沒理由被我叫老爸的！」

『真是的，你竟然忘了我幫你換尿布的恩情，還想說什麼就說什麼。』

「我確實是沒有那個時候的記憶，不過你拿出來的話題也未免太久遠了吧！」

『你拉出綠色大便時，我還懷疑你是不是被外星人擄走，然後動了改造手術呢。』

「嬰兒不都這樣嗎！話說，我才想幫老爸把腦袋（註：尿布與腦袋日文音近）換掉咧！」

『搞什麼啊你？講得還滿好笑的嘛。』

「我可不是為了搞笑才講的！」

『真是無趣的男人啊。就是因為內心沒有從容，所以才沒辦法享受人生。』

「剛剛有什麼我得被你這樣數落的對話啊？明明就沒有吧！算我拜託你，現在馬上閉上嘴，換媽媽來聽電話！」

這樣絕對比較有效率，一開始就該這麼做了。一個不小心就被爸爸的步調影響。

『我拒絕。』

「好，理由說來聽聽。」

『如果你以為父母會永遠願意讓你這樣任性，那你就大錯特錯了。別撒嬌了。』

「接聽個電話，不算是任性的要求吧！你的腦漿到底是怎麼回事啊？」

『快說重點，我沒時間了。』

那是我要說的台詞吧。看看時鐘，已經超過八點了。要是不現在立刻叫醒真白，準備好去學校，三年級的第一天就要遲到了。原本就因為是問題學生巢穴——櫻花莊的住宿生，在學校裡詭異地引人注意……絕不能再增加醒目的要素。

「我要說優子的事啦。她一大早就跑到我的房間，還說考上水高的夢話，是真的嗎？」

『才不是夢話！』

空太把手放在湊過來的優子頭上推開。「啊嗚！」優子發出慘叫聲，誇張地被打飛。

『這件事啊……』

「就是這件事。」

『非常遺憾，她真的考上了。到底是在哪裡出了什麼錯呢……』

「就是因為沒弄錯考試題目，所以才會考上吧。」

空太已經開始自暴自棄了。

『你越來越會說俏皮話了嘛。』

「針對我應對的評價，一點都不重要啦！」

『我也有同感。』

「既然這樣，能不能不要講廢話啊！簡直在浪費時間跟電話費！」

『總之，優子考上了。我到最後都還很沒骨氣地要她別走，不過還是沒用。』

「我想也是！雖然我不知道你是怎麼拜託她的，不過會說自己沒骨氣的時候，就已經大錯特錯了！」

『就是這樣，雖然我悲痛萬分……但因為我是大人，所以我認同她去念水高。』

在沒骨氣地抗拒的時候，應該就已經不是大人了。

『不過，這個試煉確實讓我變得更堅強。』

「你這次又要開始講什麼東西了？」

『我已經發現了。既然可愛的女兒已經離巢，那我就跟媽媽親熱，再生一個就好了。』

「啥？」

剛剛爸爸說了什麼？

『嗯？收訊不好，聽不清楚嗎？我是說要跟媽媽親熱……』

「我聽得到！不用講第二次！我不想知道父母在那方面的細節，不要講得這麼赤裸裸的！真的拜託你！」

彷彿要蓋過爸爸的聲音，空太講話大聲了起來。總覺得要是不管他，好像會說出什麼很可怕的話。

『你還真是小孩子啊。』

「就是因為正要成為大人，所以才會在意啦！」

『算了，反正就是這樣。』

「到底是哪樣啊……」

『你就好好期待明年第二個妹妹的誕生吧。就這樣了。』

「啊、等一下！」

當然，空太的制止是徒勞無功，爸爸已經不容分說地掛了電話。

「爸爸說了什麼？」

乖乖等待的優子這麼問道。

「他說明年會有妹妹。」

雖然覺得也有可能是弟弟……

「咦～～優子終於也要當姊姊了啊！」

「在高興之前應該先覺得驚訝吧。」

話雖如此，打電話回老家確實弄清楚了一件事。雖然令人難以置信，不過優子似乎真的考上水高了。

「欸，優子。」

「什麼事？」

「雖然心情很複雜……」

「嗯。」

「還是恭喜妳考上了。」

「謝謝你，哥哥！」

「話說回來，妳為什麼不先講啊？」

如果是平常的優子，一定會開心地打電話來報告……

「哥哥跟我說沒考上的隔天，合格通知單就寄來了。不過媽媽說不要告訴你會比較有趣。」

如果是那個媽媽，確實有可能講這種話。

「而且她還說如果用推的不行，就試著拉看看。就是『北風與太陽』作戰喔！」

「妳根本就沒搞懂意思吧……」

空太深深嘆了口氣。

這時，住在２０３號室的青山七海露臉了。

「神田同學，再不起床會遲到喔。」

七海已經換好制服，做好了出門的準備。

令人意外的，她看到房裡的優子也沒露出驚訝的樣子。

「其實春假時她就寄郵件給我……所以我已經知道了。而且，剛才也見過面了。」

大概是這個疑問顯示在空太臉上，空太還沒提問前，七海就先這麼說了。看來似乎是七海放優子進來櫻花莊的。

「因為七海姊是教優子功課的恩人嘛！」

「是喔，這樣啊。」

「話說回來，神田同學。」

語氣變低沉的七海，視線朝向空太背後。空太的背後就是床，真白現在還安穩地睡在上面。

「我、我話先說在前頭，椎名只是剛才跑來我房間，突然開始睡覺而已！不是從昨晚就在這裡了啦！」

「我什麼話也沒說吧。」

七海有些鬧彆扭地把臉撇開。

「再不快點就要遲到了喔。」

空太再度看看時鐘，已經超過八點十五分了。

「啊！喂、椎名！快點起床了！」

他抓住真白的肩膀搖晃。

「空太快起床。」

「我已經起來了啦！」

「啊～～只對真白姊這樣也太奸詐了！哥哥也寵一下優子嘛！」

優子攬著空太的手臂。

「今天就不用拘謹了。」

睡昏頭的真白說了意義不明的話。

「我認為不管在任何場合，都還是應該謹守禮儀！」

「那麼，我先去學校了。」

「啊，等等我啊，青山！」

過了十分鐘之後，空太叫醒真白，把下午要參加入學典禮的優子趕回一般宿舍。做好出門的準備後，便前往學校。之所以比想像中還要早完成準備，是因為七海最後還是沒有先出門，而是留下來幫忙真白換衣服。

出門前，還有時間用簡訊向住在１０２號室的赤坂龍之介打聲招呼。

——今天起就是新學期了喔！一起去學校吧！

不過，回覆的信件不是來自龍之介本人，而是自動郵件回信程式ＡＩ女僕寄出的。

——接下來龍之介大人將轉為繭居模式，敬請期待再次相見的日子吧。女僕敬上。

櫻花莊一如往常。

2

空太、真白與七海三人一起走在走了第三年的上學路上。正中間是空太，右邊是真白，左邊是七海。

像這樣穿著制服前往學校，又要開始上學的實感便強烈湧了上來。同時，空太也發覺自己對飛逝的春假感到依戀。

「唉。」

無意識嘆了口氣。

「上學第一天一早就這樣是怎麼回事？不要發出那種景氣不好的嘆氣聲啦。」

「話是這麼說沒錯啦……」

仰頭所見的天空，與空太的內心完全相反，極為清澄晴朗。

「是因為優子嗎？」

「有一小部分是，不過，那樣也好啦。」

雖然沒想到她會考取，不過年底帶著真白與七海回老家的時候，就已經知道優子很拚命念書，每天面對書桌認真努力。雖然她的考運一定是好到不行，不過水高的考試倒也沒輕鬆到可以光靠運氣就考上。

「不然，你剛剛為什麼嘆氣？」

「只是覺得到頭來什麼都還沒做，春假就這樣結束了。」

原本鼓足了幹勁打算在春假製作遊戲。然而到了四月，空太卻感冒了，吃了一記迎頭痛擊。而且就在以為感冒已經好了的時候，在空太生病時拚命照護的真白也被傳染感冒，就在接下來反過來照顧她的期間，短暫的春假無情地結束了。

「因為身體不舒服，那也是沒辦法的事。」

「空太真是軟弱呢。」

「妳不也感冒了嗎！」

「是空太傳染給我的。」

「這一點真是對不起妳啊！」
「誰叫你要做那種事。」
「別說那種讓人聽起來不舒服的話！」
「你做了什麼？」
七海微瞇著眼，投以狐疑的眼神。
「我、我什麼也沒做！」
「聽說你們還全裸抱在一起。」
「所、所以說，我不是解釋過不是那樣了嗎？而且我有穿衣服！」
「這樣啊。」
七海的語調沒有抑揚頓挫，完全是不認同的態度。看來在這裡換個話題才是上策。
「對了，青山，妳的老家怎麼樣了？」
為了說服父母……尤其是爸爸，七海在春假期間回了大阪一趟。她之所以不知道空太感冒時與真白之間發生了什麼事，就是因為這個緣故。
反過來說，因為發生很多事，忙得不可開交，所以空太也還沒聽七海說回老家的細節。不知道跟爸爸是不是和解了。
「姑且算是認同我了吧。」

「姑且啊？」

「因為感覺爸爸還是想反對。」

大概是想起了爸爸的態度，七海露出苦笑。

「不過，我想他已經知道我是認真的了。大概是這兩年都沒回家奏效了吧。」

「這樣啊。」

「嗯，我是聽媽媽說的。影音網站上不是有美咲學姊上傳的動畫嗎？就是我幫女主角配音的那個。」

「嗯。」

「聽說爸爸也看了。雖然我問他本人，他回答『沒看過』、『不知道』，始終不肯承認。」

「真是頑固的老爸啊。」

「就是說吧？」

「跟七海很像。」

如此插嘴的人是真白。

「確實是這樣沒錯。妳還因為被反對就離家出走了。」

「這我聽了一點也不高興。」

七海確實一臉厭惡的樣子。

「不過，這表示妳的家人都認同了吧。」

這真是好消息。

「嗯，算是吧。不過，自己做得到的事，我還是要繼續靠自己。我要繼續打工，不能給老家添太多麻煩。」

真是了不起的決心。能夠實踐的這一點，讓人打從心底感到尊敬。

「我打算要在這一年打工存錢，準備好明年再去其他訓練班上課。」

七海說起了敬語，大概是為了掩飾難為情。

她已經往前邁出腳步。設定好新的目標，一步步往前進。

沒有任何問題。除了一點以外……

「……」

「……」

一陣饒富意義的沉默，正是七海也察覺到了對話正朝「那邊」發展的證據。

「七海，妳要離開櫻花莊嗎？」

猶豫著該不該說出口的疑問，真白直接丟向七海。

原本七海會來到櫻花莊，就是因為積欠一般宿舍的房租。今年不用支付訓練班的課程費用，而且如果能接受家人支援，應該就能支付一般宿舍的房租。

七海沒有繼續留在櫻花莊的理由。

「我已經決定了。」

爽朗的表情，以及彈跳般開朗的聲音。

「……」

即使空太不發一語地繼續等待，七海還是沒有明確說出「要留下來」或者「要離開」。

真白沒有繼續追問，空太也不想硬是深究這個話題。無論是哪個結論，只要是七海的決定，他都願意接受。他確信不管是什麼結論，該說的時候，七海就會主動說出來。

對話中斷的同時，空太等人已經抵達水高。預備鈴聲還沒響。

「心跳好像開始加快了。」

穿過校門的時候，七海自言自語般說著。

「七海生病了啊。」

「才不是啦！」

空太的胸口也撲通撲通跳著，能夠理解七海的心情。

再往前……入口前的布告欄會貼出新的編班。

馬上就會知道即將要一起度過在水高最後一年的同班同學。

希望能跟較多認識的人同班。相反的，不想被編到沒有朋友的班上去。光是想像，就彷彿快陷入絕望的心情。

每年的重新編班，不安總是大於期待，所以才會覺得緊張。

「要是能繼續同班就好了。」

空太維持面向前方，對七海說道。

「咦？」

大概是出乎意料，七海露出驚訝的反應。

「青山不想跟我同班嗎……」

「不、不是啦……只是因為空太跟我想著同樣的事。」

七海的聲音越來越小。

「這、這樣啊。」

「嗯、嗯。」

說出真心話還真是讓人覺得難為情。

「要是赤坂也同班就好了。」

「不過要櫻花莊都集結在同一班，也許有些困難。」

確實，很難想像老師們會想把問題學生編在同一個班級。畢業典禮時搞得那麼盛大，應該會被加強警戒吧。

「我也想跟空太同班。」

以一如往常的口氣如此說著的人正是真白。

「……不，椎名不可能吧。」

「為什麼？」

真白一臉不解。

「椎名是美術科，我是普通科。ＯＫ？」

「ＮＯ。」

「當然啦，要是真的能同班就好了。」

「真的？空太也想跟我同班？」

「嗯、嗯。畢竟是最後一年的高中生活，當然是大家都在一起會比較快樂吧。」

「是啊。」

不過，那是不可能實現的願望。空太在說出口之後就後悔了，心境上好像也變得有些寂寞。

在這樣的空太前方，貼有分班表的布告欄已經逼近眼前。

「啊～～真的覺得好緊張啊。」

七海完全冷靜不下來，一直心神不定的樣子。

「越是想在一起，就越會被打散……這世界就是這樣。」

「在這個時機點講這種話，神田同學真是令人討厭。」

七海故意鼓起臉頰，想藉此舒緩緊張。

空太停下腳步。布告欄就在眼前。

「好，那麼，喊一二三就看囉。」

「嗯、嗯。」

「一、二、三～」

從人牆的最後面確認張貼在布告欄上的分班表。

首先從三年一班開始。

找到自己名字之前的心臟狂跳真是令人難受。每年都會覺得幾乎要窒息了。

不過，極度的緊張感在今年並沒有持續太久。

在一開始確認的三年一班男學生欄位上看到了「神田空太」，稍微上面一點的地方也看到了「赤坂龍之介」。

空太緊握著自然垂下的手掌。

有人從旁邊拉著自己的袖口。

站在旁邊的人是七海，她的眼眸微微濕潤。

「青山呢？」

「一班！同班呢！」

七海立刻發出興奮的聲音，長馬尾雀躍地跳動著。

空太看了一班的女學生欄位，最上面寫著「青山七海」。是真的，真的同班了。

「原來真有這種事啊。」

「嗯……看來偶爾也是會有好事發生。」

「就是說啊。」

正因為發生了太多不如人意的事，所以空太對於七海的話帶著感慨點了點頭。雖然只是很小的事，但還是會覺得開心。讓人覺得有重大的意義，這世上還是有希望的。

「說不定是故意編在同一班呢。」

這樣的可能性似乎很高。以偶然來說，未免也太湊巧了。不過事到如今，是什麼理由都不重要了。

能夠同班——這樣的事實才重要。

不過，事情總是有好有壞。

看了分班表，發現令人在意的地方。

級任導師。

「我看到小春老師的名字在上面，應該是我多心了吧？」

「我想那應該是現實。」

「讓那個人擔任三年級的級任導師，不會有問題嗎？」

「我覺得很有問題。」

就連平常不太說別人壞話的七海也給了這樣的評價。

能夠認真輔導學生填寫志願嗎……實在是令人感到不安。

「椎名同學～～！」

三人正準備離開公布欄前的時候，傳來了活力十足的聲音。

小跑步過來的正是美術科的深谷志穗，動物耳朵般的低馬尾輕飄飄晃動著。

「太好了，椎名同學！今年我們又同班了！」

誇張地感到開心的志穗，一邊發出「嘿咻」的聲音，一邊擁抱真白。

「美術科在三年當中，所有人都會同班吧。」

因為學生只有十個人。

「嗚哇，真過分啊，神田同學！你剛才的發言是在歧視美術科喔！我要求你誠心道歉！」

「我也要。」

「咦？連椎名也要？」

「我要年輪蛋糕。」

「妳只是肚子餓了吧！」

「哼。」

「喔，沒想到妳還真的覺得不高興啊。」

雖然幾乎沒什麼表情所以很難判斷，不過這是相當生氣的狀態。在這一年當中，空太已經能夠分辨了。

「我也想跟空太同班。」

真白現在則是有些落寞的樣子。

「七海好狡猾。」

「我、我？」

「因此，請好好道歉，神田同學。」

「對不起。」

已經搞不清楚是在對什麼事道歉了。

真白怨恨似的直盯著公布欄的分班表。

這時預備鈴響起。

「快到教室去吧。」

七海催促著，所有人由入口走了進去。

「我想跟空太同班。」

這時，真白以微小的聲音再度自言自語。

幾乎只是把東西放到教室，就立刻因為始業典禮移動到體育館。

聽著校長寶貴的致詞，大概打了三次呵欠。

結束始業典禮回到教室，講桌上已經放著換座位用的籤，學生們依照回教室的順序抽籤決定座位。

空太坐在窗邊倒數第二個座位。不知是什麼樣的因緣際會，隔壁是七海。

「為什麼盡是這些事進行得很順利啊。」

一看到空太的臉，七海就嘆了口氣。

「我做了什麼壞事嗎？」

「說不定我意外地受到上天眷顧呢。」

「……妳到底在說什麼？」

「不過神田同學光是這樣，大概稱不上是受到眷顧吧。」

「對於我的評價，您可不可以講得讓我好懂一點？」

「不要。」

被漂亮地拒絕了。

即使如此，七海看起來還是心情很好的樣子，在級任導師白山小春進教室前，跟又編到同班的高崎繭、本庄彌生聊天。

「好～～請回到座位囉～～」

隨著溫吞的聲音進入教室的，正是教現代國文的白山小春老師。

「咦？籤多了一張，是誰還沒抽籤？」

班上同學都已經就座。空著的座位是空太的後方，任誰都會羨慕不已的超人氣座位。諷刺的是，這個座位是屬於上學第一天就理所當然缺席的赤坂龍之介。搞不好這個空位在這一整個學期都會是空著的……實在是很浪費。

「啊～～赤坂同學嗎？沒想到被挑剩的更有好東西呢。那麼，各位久等了。接著照慣例要分發三年級的志願調查表。」

小小的紙張從前面傳到後面來。

「下週開始要以這個調查做為參考進行個人面談，請注意不要寫『太炫目了看不見』之類的話喔。」

會那樣寫的人，大概也只有已經畢業的外星人吧。

空太從書包裡拿出自動鉛筆，毫不猶豫就在第一志願欄填入「水明藝術大學媒體學系數位內容設計科」。

與去年有了很大的不同。

以往總是不知道該在這小紙張上寫些什麼，而繞了一大圈遠路。不過現在認為那樣的繞遠路，造就了今日的自己。

隔壁座位上，七海也很快就放下筆，漂亮的字跡在志願調查表上寫了「戲劇學系」。

「神田同學。」

抬起頭來，小春正站在面前。

「什麼事？」

「赤坂同學呢？」

「已經進入繭居模式。下次要見到他，大概會是在第二學期吧。」

這個男人去年整整休息了一個學期。

「那麼，神田同學能幫我問他的志願嗎？」

「沒有勞駕老師到櫻花莊這個選項嗎？」

「我跟千尋不一樣，不是那種熱血老師，而且我很忙。」

「忙著找結婚對象嗎？」

「你很清楚嘛。」

小春絲毫沒有覺得不好意思的樣子。

「真希望小春老師的粗神經也能分一些給我。」

「去找千尋分給你吧。來，拿去。這是赤坂同學的志願調查表。」

接著，小春馬上走回講桌的方向。

「算了，反正也無所謂。」

雖然覺得就身為教師而言小春有些問題，不過空太也正好有事想問龍之介。

他拿出手機，傳簡訊給龍之介。

——赤坂～～你在嗎～～

——怎麼了？

是龍之介回傳的簡訊。

——總之，今年我們又同班了喔。青山也是。

——真是無關緊要的資訊。

——我就知道你會這麼說……那個，你的志願調查要怎麼辦？我們的導師小春老師要你繳交志願調查表。

——你就寫媒體學系程式設計科，然後交出去。

老師是那個樣子，學生也是這個樣子。就某種意義來說，算是配合得天衣無縫。

——找我就為了這件事？

——不，我有事想問赤坂。

——什麼事？說來聽聽吧。

——我希望你能教我程式設計。不管我怎麼讀你借給我的電腦語言的書，還是連個遊戲的「遊」字都出不來！

計算機程式、讀取文字列的程式，盡是些讓人不禁懷疑「這個到底哪裡有趣了？」的東西。

——怎麼啦？你現在發現啦。

——你一直都在騙我嗎！

——這表示神田你有些理解程式了。

——我被稱讚了嗎？

——我沒有在稱讚你。

——我想也是！

——你已經放棄寄「來做遊戲吧」的企畫書了嗎？

——我會繼續做企畫案，有好的創意也會參加。不過，不會拘泥於這個。我已經決定不要急著要有結果了。

——我理解了。那麼你有想要什麼平台嗎？

——我想用開發者家族，你覺得呢？

真要製作的話，就不是手機或ＰＣ，而是做主機遊戲，而且還要是現役的次世代主機。

如果是由硬體公司無償提供遊戲開發環境及工具的「開發者家族」，對於這樣的空太而言正適合，而且還整備了讓非專業人士自由上傳完成的遊戲，提供讓第三者來玩的環境。

——製作遊戲的類型？

這一點算是考慮過了。

——射擊遊戲。

——原來如此，看來你已經概略看過我借你的書了。

——那當然是因為要是沒先做基本程度的學習，根本就沒辦法跟你談上話吧。

借來的書當中只有一本提到遊戲製作。

——複數的物件操控、以ＵＩ進行的玩家角色移動或射擊等動作，再加上擊中的判定方法、敵方ＣＰＵ的思考模式……是概略包含了初級遊戲程式的類型。還有就是即使把規模做小，也能做出大概能玩的東西。對於以學習為目的的製作而言，無論在規模或內容層面都算是很適合。

——說得直接一點，現在的我做得到嗎？

——你已經理解『ｉｆ』跟『ｆｏｒ』的使用方法了吧。

——嗯。

那是極為入門的命令。

──只要理解這一點，就能組成遊戲了。

──是這樣嗎！

──等我三天。我會準備好連神田也能簡單製作遊戲的主程式。

──你是打算做出多厲害的東西啊？

──只是空殼的程式而已。不過我會把物件繪圖與座標操控、BGM、SE等，整理成以一個函數就能簡單使用。

還是不太懂他說的話。

──簡單來說？

──就是還聽不懂的神田是蠢蛋。

──我不是在跟你說這個！

──就是只用主迴圈的程式與簡單的命令來表示圖解，並能重現聲音的東西。

──好像有點懂又不太懂……

畢竟沒有實際碰過，所以無法想像。

──那麼，你就一邊構思要做的遊戲設計，一邊乖乖等著吧。

──喔。不過，可以讓赤坂幫到這種程度嗎？這樣似乎縮減了滿多步驟。

感覺上要是太借重龍之介的力量，就稱不上是靠自己製作遊戲。

——神田並不是想當程式設計師吧。

——是這樣沒錯。

——那就沒有問題。就使用遊戲引擎或工具的基礎知識而言，只要理解程式就夠了。剩下的說明就問女僕吧。

——啊、喂，赤坂！

空太急忙回簡訊，不到一秒就收到回應。

——CIAO，我是女僕！

——太輕浮了吧！

——那麼，就由我來為心情煩悶的空太大人說明近年遊戲業界的情況。

——突然又太嚴肅了！

——請問一下，空太大人您知道何謂遊戲引擎嗎？

——就是遊戲的引擎。

——沒錯！正是如此！空太大人，您真聰明！那麼，我把您打飛出去喔？

連順勢吐槽都能輕鬆運用自如。女僕實在是太可怕了，令人驚訝的高性能。

——如果選擇空太大人也能輕易理解的詞彙，請把它想成業務用的遊戲製作大師。

——喔喔，原來如此。這樣就容易想像了。

——以往的遊戲製作，是由程式設計師寫程式碼來做各種處理與操控，不過近年開發出萬用的遊戲引擎，將龐大作業量效率化的傾向很顯著。尤其是對外國的開發公司而言，已經是理所當然的製作方法了。因此，像龍之介大人這樣的程式設計師的工作，不是依循設計書讓這角色「放在這裡」或「這樣動作」，主要工作變成製作混合了物理演算處理及動作操控的遊戲引擎及改版。然後，使用這樣的遊戲引擎構築範圍、配置敵人、思考模式以及解謎技巧等，也就是舞台的製作與呈現，被稱為企畫面的level desiner。這個方法的好處，除了當然能使遊戲開發更有效率，寫出設計書的人也能依自己的想像製作出遊戲。如果是企畫者思考、工程師製作的做法，不管寫了多棒的設計書，或者花費多少唇舌，無論如何就是會有無法完全傳達的微妙差異隔閡存在。最糟的情況，企畫者與工程師還有可能激動地吵起架來：「你為什麼就是搞不懂啊？」「不然你自己來做啊！」

確實很有可能發生這種情形。說明企畫的困難度，以及無法說明清楚的焦急，空太在「來做遊戲吧」的報告已經經歷過了。

——就剛才的對話來看，也就是我只要會做level desiner的事就足夠了吧？

——正是如此。要是想全部都靠自己一個人做，除非您能變成龍之介大人等級，不然是不可能的喔？也就是說，空太大人是不可能的！

女僕強而有力地斷言。的確，要是被要求提升到龍之介等級，心靈輕易就會受到挫折。就至今為止的互動，已經很清楚能做出像人類進行對話的女僕的男人，絕非泛泛之輩。

——非常感激妳，女僕。我會一邊構思遊戲設計，一邊安分地等候三天。

——乖巧的空太大人感覺還不錯呢。

——我可是一點也不開心！

全力回覆簡訊，不過女僕沒再回應。

「我竟然被人工智能玩弄於股掌之間……」

總之，能做的事就先做吧。空太在龍之介的志願調查表上寫下「媒體學系程式設計科」。

「欸，神田同學。」

隔壁的七海開口說道。

「你問過真白的志願要怎麼辦嗎？」

「咦？啊，對了，我還沒問她呢。」

如果是在繪畫界被稱為天才的真白實力，應該可以不管一般科目成績，輕易允許她直升水明藝術大學吧。況且，從她期中、期末考每次每科都0分的學力看來，可以想像她應該是光靠繪畫實力就插班考進水高吧……

真白的繪畫實力就是如此特別。以大學而言，說不定也希望真白一定要入學。

不過，就這一年來一路看著真白把所有熱情傾注在漫畫的空太看來，並不認為真白會選擇上大學這個選項，總覺得她會想花比較多的時間在畫漫畫上……

空太再度從口袋拿出手機，打了封只有重點的簡訊。

——妳大學要怎麼辦？

然而還沒按下傳送鍵，空太稍微思考了一下，又把已經打好的簡訊一字一字刪除。

之所以會這麼做，是因為只要下次有機會再直接問真白就好了。

正這麼想的時候，表示班會時間結束的鈴聲響起。

「好～～那麼今天就到此結束～～」

3

始業典禮與班會結束之後，空太、真白及七海三人沒有回到櫻花莊，而是在附近的便利商店買了便當，在空無一人的學生餐廳吃完中餐。

這是為了要出席預定在下午一點半舉行的入學典禮。因為空太的父母沒辦法從福岡來到這裡，空太為了優子也只能出席。

因為之前畢業典禮發生過那種事，還一度被老師擋在門外。不過一提到妹妹要入學的事，意外地倒是很乾脆就放行了。真白與七海也一起來了。

入學典禮是在適度的緊張感當中，依照表定程序進行。

中途有一段新生代表致詞，名叫長谷栞奈的女學生走到前面來。以沉著的氣質致詞的樣子凜然成熟，與在儀式中總是靜不下來地東張西望的優子相比，實在看不出來同年齡。空太聽著代表致詞，心中替優子感到可憐。

除此之外並沒有特別的狀況，入學典禮順利結束了。

「我要跟哥哥一起回櫻花莊！」

之後把如此嚷嚷的優子趕回一般宿舍後，三個人回家順道去了紅磚商店街採買晚餐食材。

現在已經把買來的食材做成料理，空太在餐桌旁就座。座位上有四個人，空太、真白、七海……另外一個人既不是舍監千石千尋，也不是住在102號室的赤坂龍之介。津津有味地把飯送進嘴裡的，是原本住在櫻花莊201號室的三鷹美咲。她的舊姓是上井草，是三月從水高畢業，在隔壁的空地上蓋了房子，並終於與長年心儀的青梅竹馬三鷹仁結婚的外星人，也是現在就讀於水明藝術大學影像學系的人妻女大學生。

即使畢業之後，美咲也幾乎每天來櫻花莊一起吃飯，與空太一起打電動。

原以為聒噪的美咲離開櫻花莊後，自己會覺得寂寞，但現在這樣跟去年根本沒有太大的改變。真希望能把離別在即那時的感慨心情還給自己。

這樣的心境，美咲當然不可能察覺。

「我要享用鄰居的晚餐了～～！」

她說著從空太的盤子奪走一塊炸豬排。

「啊～～！我的晚餐～～！」

炸豬排很快消失在美咲的嘴裡。

「學弟夜晚的『下酒菜』，已經被我得手了！」

「我要對妳的說法提出抗議！」

「神田同學，請不要骯髒又性騷擾。」

空太猛力提出抗議，連飯粒都噴出來了。

七海斜眼瞪了過來。

「性騷擾的人又不是我！」

「把我夜晚的『下酒菜』給空太吧。」

「可不可以不要創造奇怪的流行語啊？」

「神、神田同學根本就是性騷擾！竟、竟然還說夜晚的『下酒菜』……」

「都說不是我了！」

「小七海，妳的臉很紅喔！一定是自己在想些色色的東西吧！」

「因、因為學姊講了奇怪的話啦！」

「青山，妳那樣回答就表示妳真的有在想色色的事，沒關係嗎？」

「我、我才沒在想那種事！」

就在一陣吵鬧的對話中，真白只把炸豬排的麵衣移到空太的盤子裡。雖然事到如今已經不會感到驚訝，不過真白還真是個與眾不同的偏食者。順便一提，炸蝦也是脫皮後才吃。明明並沒有在減肥。

「啊，學弟，臉上有飯粒！」

美咲大口吃著空太的炸豬排，指著自己的臉頰。

空太照她所說，把手移到右邊臉頰，不過沒有摸到飯粒的感覺。

「不對不對，是這邊啦，學弟！」

美咲帶著要爬上餐桌的氣勢把身子探出來，用手指著。

「我來幫你拿掉喔。」

美咲的手指碰觸空太左邊的臉頰一下。

並毫不猶豫地吃掉拿下來的飯粒。

「那、那個，美咲學姊。」

「怎麼啦，學弟！」

撲倒在餐桌上的美咲，趴著把臉湊過來。微開的衣領間，隱約可見豐滿的胸部。

空太慌張縮回身子，靠在椅背上。

真白與七海的視線教人刺痛難耐，好像很不高興的樣子。空太眼角餘光看到她們正不滿地看著自己。

「學、學姊已經是人妻了，好歹我也是個男人，請不要不加思索就做這種事！」

不知道是因為變成大學生了，還是已經成為人妻，美咲這陣子變得比以往更加成熟。雖然空太早就該習慣這種程度的肌膚之親，不過美咲像這樣靠過來，還是忍不住激烈動搖了一下。仔細一看，她的嘴唇潤澤有彈性，絕不是炸豬排的油脂。肌膚看來也細緻光滑。

「咦？莫非美咲學姊有化妝？」

「終於發現了嗎？學弟！因為我已經是大人了喔！如何？可愛吧！」

「美咲，好可愛。」

「上井草學姊……不對，美咲學姊就算不化妝也夠可愛了。」

真白與七海說出感想。

七海以往總是稱呼「上井草學姊」的美咲，因為與仁結婚而改了姓氏，所以七海最近終於改口稱她「美咲學姊」了。新姓氏的「三鷹」會跟稱呼仁的時候搞混。

「下次也幫小真白跟小七海化妝吧！」

對於美咲的提議，不知為何真白與七海都看了看空太。

「幹、幹嘛啊？」

「沒事。」

「沒事。」

兩人口徑一致，做了明明就很有事的回應。空太正猶豫著要不要繼續追問時，真白很露骨地改變話題。

「話說回來，空太。」

「嗯？」

「臉上有嘴。」

「沒有的話就慘了啦！」

「我來幫你拿掉。」

「我的嘴並沒有可拆卸的功能！」

「空太。」

「眼睛跟鼻子也不行。小孩子會哭的。」

被空太搶先一步，真白一瞬間陷入思考。

「眉毛？」

「糟的是那個可以拔下來，不過會增加我的魄力，所以不准！」

「唔。」

看來真白似乎是想做美咲剛才做的事。不過，要是真的被真白幫忙拿掉飯粒，空太的腦漿一定會瞬間過熱而報銷，導致沒辦法運作吧。只能忍耐撐過，即使真白在旁邊帶著傾訴般的眼神凝視自己……

「感謝招待～～呼～～吃得好飽。」

吃飽飽的美咲看來很滿足。

「好！」

美咲發出吆喝聲起身，接著把放在圓桌底下的肩背包拉出來，正要從裡面掏出什麼東西。

「來，這個給妳，小七海。」

美咲放在七海面前的是幾十張的紙，封面上寫著「鈴蘭水仙」。那是美咲從去年開始製作的動畫名稱，劇本是由美咲的青梅竹馬，同時也是丈夫的三鷹仁所寫。

也就是說，這一疊紙是劇本。

「繪圖作業已經結束了嗎？」

空太從旁提問，七海一臉認真地翻閱。

「只剩下一些畫面效果跟修正。大概再一個月就可以完成喔！」

「這麼說，就是已經可以進行錄音的階段囉。」

「沒錯！」

美咲握拳站了起來。

「這個我不能收。」

相對於活力十足的美咲，七海則是一臉鑽牛角尖般的認真神情。

「為什麼啊，小七海！」

「事務所甄試落選的我，已經不能再用因為是認識的人這個理由，出現在美咲學姊的作品裡了。有許多人都在引領期盼學姊的作品，也有很多人想參與配音吧？」

「妳可不要誤會了喔，小七海！我跟仁討論的結果，已經決定這次要用甄選來決定男主角與女主角的人選了～～！所以，雖然那個劇本跟實際上的完全一樣，不過現在還只是甄選的劇本而已喔。」

「……」

七海吃驚地睜大眼睛，接著又立刻咬著下唇低下頭。

「抱歉了，小七海。不是拜託妳配音，讓妳覺得失望了？妳不想參加甄選嗎？」

「……不，正好相反。」

目不轉睛直盯著餐桌一點的七海，聲音顫抖著。

「非常感謝妳給我這樣的機會。」

她重新轉向美咲，閉上眼睛道謝。

「女主角配音甄選大概會來五十個人左右，這樣小七海也沒關係嗎？」

能被選為女主角配音的，只有其中一個人，是極低的機率。除了一個人以外，其他人都將落選而感到悔恨。

「是的。」

彷彿深刻品味其中意義，七海以帶著決心的聲音簡短回答，沒有任何猶豫。因為她已經決定要再度勇往直前了。看到她的姿態，衷心想為她加油。

「好～～那麼，這個是學弟的份。」

「啥？」

不知為何，美咲也在空太面前重重放了劇本。

「因為甄選預定在黃金週舉行，所以學弟就飾演男主角，兩位好好加緊練習吧！」

「為什麼要把我也扯進來啊！話說，我的技術那麼爛，當不了練習對象啦！」

之前也曾經當過七海的練習對象，那時還因為實在太爛了而被取笑了一番。空太多少有些心理障礙。

「沒問題的啦！因為不需要演技！」

完全搞不懂美咲的意思。

「既然是角色，就不能沒有演技吧？」

「這一次動畫想要的就是不加修飾原始的感覺喔～～！因為啊，這次的內容是描述欣喜又害羞的高中生真實的戀愛喔！」

「喔，原來如此。」

以前看過的製作中的影像，確實正是這樣的感覺。還記得影像很有臨場感，十分符合就連呼吸或心跳都彷彿聽得到的「現場」的表現。

「不對，現在不是該恍然大悟的時候。」

「那麼，我來幫你們看，就先試試最開頭的場景吧！」

「妳有沒有在聽我說話啊！」

「好，開麥拉！」

「不、不會吧……？」

七海覺得真是受不了，露出死心的表情。

沒辦法，只好把視線移向劇本。反正只要試過一遍，美咲也能理解自己不適合當練習對象吧。空太這麼想著，對七海使了個眼色。七海輕輕點點頭。總之先試試看吧。

真白覺得不可思議地看著這樣的兩人。

最前面的台詞是由空太開始。

「『妳說突然有話要對我說……是什麼事？』」

幾乎是照本宣科生硬地唸出來。

「『嗯，是還滿重要的事……吧。』」

不愧是學了兩年演技的七海，果然不一樣。開關一切換，發聲的方式就完全不同。

「『……』」

「『我……一直有話想對你說。』」

聽得到七海欲言又止的吐息聲。

「『這樣啊……』」

「『嗯，我……』」

受到她的演技影響，空太的心臟猛烈跳動。

「『……』」

「『我一直、一直……』」

這是什麼啊……胸口一陣揪心。有一種無處可逃的感覺……

「『……！』」

空太自然地嚥了嚥口水。七海接下來要說的話，已經寫在劇本上了。全身頓時開始噴汗。

七海要講出這句話的時候吸了口氣。

「『我一直喜歡著你。好喜歡你。』」

背脊一陣涼，身體一旦開始發抖，就很難停下來。

「『……』」

「『……』」

還有一句話。空太的台詞之後，這一幕就結束了。

「『我也一樣，有同樣的心情。我也……一直喜、喜喜喜……』」

劇本上只簡短寫著「我也一直喜歡著妳」。不過，這句話卻梗在喉嚨發不出來。雖說是演戲，但是要對女孩子說「喜歡妳」的壓力，實在是非同小可。

空太微妙地開始在意旁邊真白的視線。腦袋跟身體都開始發熱，眼看就要呈現飽和狀態。不是開玩笑，是真的要冒出水蒸氣了。

「『喜、喜喜喜喜……』、這哪說得出來啊，太丟臉了吧！」

羞恥心終於來到極限的空太，單手摀著臉蹲了下去。

「等、等一下，神田同學！不、不要那麼害羞啦。連我都要開始覺得難為情了。」

把臉轉向旁邊的七海，用手搧著泛紅的臉。

「話、話是這麼說沒錯啦！」

明知道只不過是演戲，卻沒辦法與七海正視彼此。一不小心四目相交，又慌張地把臉別開。

真白一臉不高興地低喃。

「學弟，要多放點感情！你喜歡她吧！」

美咲直指著七海。七海心臟激烈地跳了一下。

「咦？我、我？」

「冷、冷靜點，青山！她、她說的是角色啦，角色！」

「說、說得也是。」

大概是為了穩定自己內心的動搖，七海做了深呼吸。

「學弟所謂的喜歡，是這麼乏味的東西嗎！」

「請不要這麼蠻橫！我是素人！不加修飾原始的外行人！」

「小七海則是太過講求演技的感覺，要更自然地跟學弟對抗才行！」

「自然是指……」

「比方說，當作是自己要告白囉！」

「咦！自、自己？我、我要向神、神田同學告白？」

七海的臉瞬間通紅。

「學弟也是！我不是說過這次要更不加修飾嗎？應該是最適合素人學弟才對！」

「為什麼我剛才要多嘴說什麼素人……」

禍從口出。以後還是多留意吧。

「好，那麼，再試一次吧！」

「噎！」

「咦～～！」

空太與七海的慘叫聲重疊在一起。

「演技之路是很嚴苛的喔！了解的話，來，開始～～！」

美咲拍拍手掌。

現場一瞬間陷入靜默，緊張感被拉到最緊繃。

現場靜待空太唸出台詞。這樣看來，也只能硬著頭皮做了。雖然空太的演技一點也不重要，不過對於七海來說是個很好的機會……即使是棉薄之力，只要能幫上忙，想儘可能提供協助。

空太下定決心，首先意識到美咲說的話。這輩子第一次嘗試揣摩心境。

不加修飾的感覺。所謂喜歡的心情……

「『妳、妳說突然有話要對我說……是、是是是什麼事？』」

莫名意識到之後，就變得比之前更糟了。

「『嗯、嗯，是、是還滿重要的事……吧。』」

連七海都開始出錯。

「『……』」

「『我、我我我、我……一、一直有話想對你說！』」

七海前所未有地結巴，聲音變調。

「好，卡！連小七海都變彆腳了！」

「美、美咲學姊不該說那句『當作是自己要告白』啦！」

因為羞恥而滿臉通紅的七海，幾乎要哭出來了。

「看來有必要進行特訓。」

雙手扠腰的美咲，對自己的話猛點頭表示贊同。

「空太跟七海看起來很開心呢。」

真白似乎覺得有些無趣。

「可以的話，我也想站在可以說妳那些感想的立場啦！」

「……」

「椎名？妳在生什麼氣？」

「沒什麼。」

雖然嘴巴上這麼說，眼神卻很不滿。

這時，又有一位櫻花莊居民回來了。

「真是湊巧。全員都到齊了呢。」

隨著聲音出現在餐廳的，是以舍監身分與空太等人一起生活的千石千尋。現年二十九歲又二十七個月……世間一般稱之為三十一歲。

順便一提，其實並沒有全員到齊。龍之介在房間裡。不過，空太並沒有餘力去指正這一點，因為劇本練習的餘韻還騷動著自己的內心……而七海看來似乎也一樣，目光一對上立刻就把臉轉開。真白還是依然在鬧彆扭的樣子。

千尋似乎察覺到餐廳這樣微妙的氣氛。

「幹嘛？是一觸即發的血腥場面嗎？」

「才、才不是！」

七海立刻否定。

「真不錯啊。再多來一點吧。」

「剛剛青山明明就說不是了吧！」

「然後，把神田折磨得更痛苦吧。」

「為什麼啊！」

「因為看到你慘叫的樣子，我就會多少覺得自己變幸福了。」

真不該問的……

「請不要拿學生的不幸來尋開心！」

「我拒絕。」

「竟然被拒絕了！」

「神田，人類有兩種。」

「簡單來說？」

「一種是會對別人的不幸感到心痛的人，另一種是因為別人的不幸而感到滿足的人。我希望自己是後者。」

「以老師這番話來看，正常應該要選前者才對吧！」

「這種事不重要啦，學弟！」

「現在可是正在進行重要的哲學性對話耶？」

「話說，那是誰啊！」

美咲伸手指著的人，是一位站在千尋背後一臉愛睏的男學生。剛才眼角餘光就隱約瞥到他，空太也覺得很在意。

雖然模樣還有些稚嫩，不過端正的長相很引人注意，長得相當帥氣。一頭像是睡得亂翹的自然捲，跟某人一樣戴著大大的耳機。穿制服的樣子也還帶著明顯的生澀感，全新的制服沒有一絲皺褶。

「喔，那個嗎？是從今天起要住在櫻花莊的一年級新生。」

「咦？」

對於突如其來的發言，自然發出驚愕的聲音。

「才剛舉行完入學典禮，就已經是櫻花莊住宿生了？話說回來，明明說要拆除，卻還增加住宿生嗎？」

「既然已經決定要留著，能利用的東西就盡量利用。這就是大人。」

「喔……」

「好了，自我介紹吧。」

被千尋從背後推了一把的男學生往前跨了一步。

「我是剛進水高的姬宮伊織。」

是有印象的姓。

「姬宮……」

那並不是到處都有的姓氏。

「皓皓的弟弟嗎！」

美咲再度用手直指他。

「沒錯，就是去年畢業的姬宮沙織的弟弟。同樣是音樂科。」

伊織的表情好像有一瞬間憂鬱了起來，不過立刻又恢復原來很睏的表情。也許只是自己多心了吧。

「呃，我是三年級的神田空太，旁邊這位是美術科的椎名真白。」

真白點了點頭。

「我也是三年級生，我叫青山七海。」

「神田學長，椎名學姊，還有青山學姊。」

「還有，你旁邊的那個人是原來住在櫻花莊，現在則變成了鄰居……三月份畢業的三鷹美咲學姊。」

「小伊織請多多指教！」

美咲抓住伊織的雙手，用力地上下搖晃。

「妳、妳好。我有聽姊姊說過一些有關學姊的事。」

伊織對於美咲的熱烈歡迎，似乎有些不知所措。

「話說回來，老師。入學典禮當天就被流放到櫻花莊……他是幹了什麼好事？」

最重要的事還沒問。

「入學典禮一結束，他就突然拿轉科申請單到教職員室來。」

「轉科申請？」

「要轉到普通科嗎？」

緊接在空太的疑問之後，七海也提問。

千尋嫌麻煩似的點了點頭。真白以看不出在想什麼的透明眼眸看著伊織，而伊織似乎受到真白莫名的魄力影響，看來有些緊張。

「為什麼突然想轉科？好不容易通過這麼低的錄取率。」

水高的音樂科、美術科只有極少的十個名額，是名符其實的窄門。每年來報考的人理所當然會超過十倍，有時甚至還會超過二十倍。

「感謝你們開口問我，我……我已經不想再彈鋼琴了！」

激動說明的伊織緊握拳頭，不知為何朝天花板如此宣言。

空太好奇那裡有什麼，也跟著把視線往上移，卻只看到老舊的日光燈與暗沉的天花板紋路。

「青春一去不復返。可是！可是，我卻沒有察覺到這一點，國中時期每天努力練習、不斷練習，練習天堂還有練習地獄，簡直就是既不青也不春，而是像鋼琴鍵盤只有黑與白的協奏曲，就這樣度過了再也不想繼續下去的三年！」

「那麼熱衷鋼琴不是很好嗎？」

「這樣根本一點也不好！同年級的學生，大家在放學後都很開心地玩鬧，我卻只有跟鋼琴一起度過的回憶，不覺得太殘酷了嗎？是的，我覺得太殘酷了！因為相信了不知哪裡的某人說『彈鋼琴好像會很受歡迎』這種不負責任的發言而努力至今，但是那根本就是騙人的，我可以挺身出來證明。不受歡迎！絕對是這樣！」

「……真是個個性鮮明的孩子啊。」

七海站在旁觀者的立場如此說道。

真白則不知道正在想什麼。搞不好表面上看起來很認真在聽他講話，實際上卻在想著想吃年輪蛋糕之類的事。

「呃～這個，也就是說……姬宮同學轉到普通科去，想做什麼？」

空太無可奈何，只好代表大家繼續發問。

「我要談戀愛。」

伊織乾脆果斷地說了很奇怪的話。

「……」

「我要談戀愛！」

第二次則是如此大喊。

「呃，我們都聽到了，不用講第二次。」

「我！我想度過更普通的高中生活！我是非常認真的！」

說著把緊握的拳頭朝奇怪的方向伸出去，似乎正在疾呼什麼。

雖然覺得他在這個時間點就已經不可能普通了，不過空太並沒有說出口。

「你已經不可能普通了。」

空太瞬間還以為洩漏了內心話。說話的人是真白。

「我忍著沒說的事，椎名妳也別說！」

「我一定會在這個水高實現普通的夢想。」

「你……所謂的普通，是指什麼樣的感覺？」

總之，先試著配合他。

「要說到普通的高中生活，當然就是早上上學途中，在馬路轉角與咬著麵包的女孩子撞個正著，然後看到她的內褲，如果是純白色的就更好了！清純的感覺！然後被罵：『喂，你在看哪裡啊！』接著我誠實回答：『純白的耶！』就在給女孩子最差印象的狀況下，因為急著上學就離開了。然後老師介紹來了一個轉學生！竟然就是在上學途中撞到的女孩子！然後我就說：『啊，是今天早上那個純白的！』女孩回答：『啊！你是今天早上的變態！』就是這種感覺的普通！」

「那是異常吧。」

「是嗎？不是還滿常發生的嗎？」

不愧是人妻女大學生，說的話就是不一樣。

「然後啊……」

「還有然後啊？」

老實說，剛才那些就已經夠了。

「去書店的時候，與剛好要拿同一本書的女孩碰到手。『啊、抱歉。』『不，我才對不起。』『我沒關係，妳請拿吧。』『咦？可是，這樣太不好意思了……』」

「神田同學，這是什麼小短劇？」

「是小短劇嗎？」

「『不，真的沒關係啦。』『這、這樣嗎？那我看完之後再借給你！』變成這樣的情況，明明沒有那個意思，卻還是交換了手機號碼，然後發展成戀愛的那種普通！」

「更加異常了。」

「我昨天在車站前的書店，有看到這樣的兩個人喔。」

真是可怕的人妻女大學生。話說回來，這裡有會演這種愛情喜劇的人嗎？

「還是你們喜歡比較粗略的說明？那麼，就是我想交女朋友，想卿卿我我，想約會，想接吻，想上床！把完全只有鋼琴的國中時期丟到遺忘的彼方！離開父母，從束縛的枷鎖解放的我，今天起要從這裡開始正經的人生！這就是我為什麼要轉到普通科的宣言！感謝大家的傾聽！」

「既然這樣，一開始報考普通科不就好了嗎？」

七海毫不避諱地說道。聽起來確實如此……

「不，那是絕對不可能的。就算天塌下來也不可能，哈哈！」

「為什麼？」

提問的人是空太。

「因為我是笨蛋。」

「嗯，聽剛才的對話，我就覺得是這樣了。」

「真可憐。」

「椎名……妳考普通科的話也絕對會落榜的啦。」

「我不會落榜。」

「妳哪來的自信？」

「因為我不會去報考。」

「誰叫妳腦筋急轉彎的！」

「那些都無所謂……不過，還是不知道他為什麼會來櫻花莊。」

七海把離題到不行的對話拉了回來。

光是轉科就被流放，未免太奇怪了。

「剛才說的那些，可以說是他很快就被老師盯上的原因。」

不知何時，千尋已經從冰箱裡拿出罐裝啤酒，大口豪飲了起來。

「真正的理由是？」

「他潛入女生宿舍，企圖偷窺女子浴室。」

「……」

時間一瞬間停頓了。

「……真的假的？」

「是變態。」

緊接在空太之後，真白也說出自己的感想。七海則不發一語，以彷彿在看什麼髒東西的眼神望向伊織。

「不，真的不是啦！請聽我解釋！如果只聽到這裡一定會誤會我的！」

「哪裡不是？你倒是說說看為什麼要偷窺。」

「我話先說在前頭，轉科申請並沒有被受理。」

將視線轉向千尋，千尋便說明：

「雖然他這副德性，好歹也是進音樂科的人，有充分的實力。所以要他先在音樂科上課，再重新考慮。如果還是想去普通科，就先忍耐第一學期，第二學期之後再說。這就是結論。」

「在夢想的路上第一步就踏錯的我，總之先回男生宿舍重新研擬戰略。為了度過淡粉色的高中生活，果然還是要有女朋友！所以我下定決心，在轉到普通科之前，至少要先交到女朋友！」

「然後呢？」

受不了的七海視線冷漠。

「一想到交了女朋友就可以做那種事還有這種事，就開始苦惱了起來……就在這個時候，在男生宿舍的歡迎會上，宿舍長竟然說『一年級新生去偷窺女子浴室當作入宿儀式』！」

「啊，我在的時候也有過……」

欺騙玩弄什麼都還分不清楚的一年級新生，是男生宿舍慣例的娛樂。不過並不會真的去偷窺女子浴室，或者該說，基本上沒有人會當真，而想去執行的新生，下場就是在走出男生宿舍時被壯碩的女舍監逮到。

「可是，我是真的很煩惱耶。煩惱到底可不可以做出偷窺女子浴室這種卑劣的行為。也多虧如此，我內心的天使與惡魔爆發了激烈的戰爭，彼此互扯羽毛、互揭瘡疤呢。」

「那麼，結果怎麼樣？」

「因為慾火焚身，然後就做了。」

「根本就跟天使與惡魔無關吧！」

「要逮捕。」

「老師，我絕對反對把這種罪犯安置在櫻花莊！」

七海的意見非常正確。

「不需要那麼生氣吧。還有人看就表示還有身價。」

「妳以為這樣我就會接受嗎？」

七海槓上千尋。

「沒問題的。我已經警告過他了，下次再犯就要送去警察局。」

「就算這樣，會犯的人還是會再犯。」

正因如此，所以犯罪才無法從世間消弭。

「妳要是這麼擔心，洗澡的時候就叫神田幫妳站崗吧。」

七海瞥了空太一眼。

「我也不要那樣。」

「總覺得好像連我都遭到波及，被當成變態了？」

「我也不是變態！」

「不，你是變態。」

「偷窺女子浴室被容許到幾歲之前，又從幾歲開始會被當成犯罪呢？幼稚園的時候明明是被允許的啊。」

伊織一個人已經啟程前往回憶的世界去了……才正這麼想的時候——

「不過，真的沒問題啦。請相信我。」

意外地很乾脆就回到現實世界來了。

「要我們相信什麼？」

七海似乎帶著要徹底抗戰的覺悟。

「我喜歡大胸部的女生，所以老實說，我對青山學姊跟椎名學姊沒有興趣。」

七海的反應完全就是驚訝得闔不上嘴。

「你真的很厲害耶。根據到目前為止的對話，怎麼能說出這種爆炸性發言啊？」

「不，也沒那麼厲害啦。」

「所謂的天真無邪還真是可怕啊！」

在害羞搔著頭的伊織旁邊，七海緊握的拳頭顫抖著。感覺已經瀕臨爆發了。

「神田同學，為什麼我剛剛被拒絕了？」

「可以不要問我嗎？」

「相反的，美咲學姊是我超愛的型！請跟我交往！」

「啊，那個人不行喔。她已經是人妻了。」

美咲讓伊織看了左手無名指上的閃耀戒指，彷彿在說「如何啊」。

「咦？」

「她已經拋下千尋老師先結婚囉。」

「神田，揍你喔。」

腦袋被痛毆了。

「好痛！」

剛才那句話可能太過分了點。

「所謂結婚……就是那個有名的結婚嗎？」

「應該就是那個結婚沒錯。」

「怎麼會……」

伊織沮喪地垂下肩膀。

「可不可不要看著我跟真白，一副感到失望的樣子？」

七海的額頭幾乎要冒青筋了。

該怎麼處理這個渾沌的狀況？似乎已經無法收拾了。這時，一名意外的人物插話了。

「你該適可而止了吧。」

是真白。她以清透的目光凝視著伊織。

「唔！」

被真白不可思議的魄力震懾住，伊織往後退了一步。

理所當然，在場所有人的意識全集中到真白身上。真白究竟想對伊織說什麼？她是不是生氣了？正在思考各種可能性的同時，真白再度開口了。

「七海很快就是D罩杯了。」

空太與伊織驚訝呆愣地張著嘴。

「等、等一下，真白！妳、妳！妳在說什麼啊！」

「我說的是事實。」

只有真白依然冷靜。

「她昨天也說內衣變緊了。」

「那個不能講啦！」

就七海沒有否認的樣子看來，真白說的應該是事實。一旦知道了這件事，視線就會自然朝向某一點。

「神、神田同學，你在看哪裡啦！」

七海雙手遮胸，轉身背對空太。

「並、並沒有變大啦……只、只是稍微胖了一點，所以比較上來說……」

「妳變胖了嗎？」

乍看之下完全沒有這種感覺。

「啊～～真是的，為什麼話題會扯到這邊！」

「是七海自己說的。」

「我認為元兇應該是椎名才對。」

「算了，反正就是這樣。新人就交給你們照顧了。」

對話根本還沒有結論，千尋已經迅速離開飯廳。

「啊，老師！」

即使出聲叫喚，回應的也只有玄關門開關的聲音。該不會是出去約會吧？如果真的是這樣，最好不要去打擾她。她至少也有獲得幸福的權利。

「算了，反正就是這樣。那我們就趕快開歡迎會吧。」

空太已經沒有自信能收拾這個狀況，便決定向千尋看齊，強制結束話題。

「話才說到一半！」

「我想也是！」

不過很遺憾的，這對七海並不管用……

4

伊織的歡迎會在晚上十一點前結束。慣例的火鍋是美咲準備的咖哩鍋，不過空太等人傍晚才吃過晚餐，所以幾乎是由美咲與伊織兩人吃掉的。剛開始伊織也對櫻花莊這個環境多少有些緊張的樣子，不過中途就不再生澀客套，很快就跟大家打成一片。

「啊～～美咲學姊！那是我的肉！肉！」

「所有存在於世上的肉，都是為了要讓我吃才被放進鍋子裡的喔～～！」

就是這樣的狀況。看來空太也不需要太過擔心。

「該怎麼說，總覺得伊織同學本來就應該屬於櫻花莊……」

連七海都有這樣的感想。

空太打從心底同意這句話。

盛大熱烈的歡迎會結束後，空太與七海收拾善後。結束之後，空太在更衣間外面待命。千尋玩笑般的站崗那番話，竟然成了現實。

百般不願的七海被美咲硬拖進去，還有真白也在裡面，三個女孩子正在一起洗澡，偶爾會從裡面發出聽起來很開心的聲音。不，很開心的人是美咲，七海則是屢次傳出慘叫聲。

「櫻花莊今天也很和平呢……」

空太一屁股坐在走廊上，手裡拿的是剛才美咲給的動畫劇本。

可以的話，真希望誰來代替自己。不過，七海說了「總比自己一個人練習得好」，所以想盡可能幫她。七海說著「我要繼續努力」的那一天，已經相約要一起加油，也想盡全力支援她，希望她的努力有一天能獲得回報。

所以，既然已經決定就只能硬著頭皮去做。在不扯七海後腿的前提下，盡可能嘗試看看。

空太翻著劇本。

這時，毛像是美國短毛貓的朝日，喵喵叫著走了過來。

「怎麼啦？朝日，你要當我的練習對象嗎？」

「喵～～」

「這樣啊。那麼，就拜託你囉。」

空太把牠抱起來，讓牠面向自己。

「好，那麼要開始囉。『妳說突然有話要對我說……是什麼事？』」

「喵～～」

一開始就很順利。雖然還是會覺得害臊，不過已經不會因為緊張而吃螺絲了。

「『這樣啊……』」

「『我也一樣，有同樣的心情。我也……一直喜歡著妳。』」

「喵～」

「喵～～」

「咦？意外地很輕易就能說出來嘛。」

「『我也一樣，有同樣的心情。我也……一直喜歡著妳。』」

剛才對「喜歡妳」這句話感覺到很大的壓力，內心還動搖到一個不行。

這次也能很自然地說出口，而且好像沒那麼生硬了。

「喔，很乾脆就克服弱點了？」

空太滿足於意料之外的效果。這時，浴室傳來格外慘烈的尖叫聲。

「哇啊啊啊！」

錯不了，是七海的聲音。

「喂、喂，怎麼了，青山？」

「空太，發生大事了。」

回應的人是真白。

「發生什麼事了？」

「小七海的胸部又長大了喔～～！」

「啥？」

所謂的大事是指這個嗎？

「請、請不要說那麼奇怪的話啦！」

「這也是事實。我摸了確認過了。」

剛才的慘叫，看來似乎是因為真白摸了七海的胸部。

「不錯嘛，小七海！不過，我不會輸給妳的喔！」

「我本來就贏不了美咲學姊！」

確實……美咲的等級似乎有些不一樣。

「七海好狡猾。」

「我都說了，這種話請跟美咲學姊……那個，真白為什麼動手摸了啊！」

「因為很舒服。」

「……」

空太忍不住吞了口水。很舒服啊……

「學弟要不要也來摸摸胸部啊！」

「那麼，我就恭敬不如從命了。」

「絕、絕對不可以啦……」

七海的反應惹人憐愛，好像快哭出來了。

「我想妳應該知道，我剛剛只是開玩笑喔！」

「不可以豎起耳朵聽，然後做奇怪的想像喔？」

「我還沒想像啦！」

「所以是接下來打算想像了嗎！」

「不、不會啦！」

空太全力宣言之後，又小聲補充：

「大概吧……」

其實已經想像了一半……

「不、不用站崗了，神田同學到旁邊去吧！」

再這樣繼續下去，七海大概會真的哭出來吧。

「莫名被牽連了……唉～～」

空太嘆了口氣起身。

視線不經意朝向走廊深處……１０３號室，伊織的房間。他不但沒有出來偷窺，就連離開房間的跡象也沒有。該不會已經睡了吧。

或者是正在整理行李？剛才舉行火鍋歡迎會的時候，有犀牛LOGO的搬家公司一股腦把行李搬了進來。

「稍微過去看一下狀況吧。」

說不定還可以幫他整理行李，順便也想跟他多聊聊。接下來就要一起生活了，而且也很在意他說不想再彈鋼琴。

空太在一樓的走廊上前進。

站在門前，基於禮貌敲了兩次門。

「……」

沒有反應。

「喂～～」

「……」

還是沒有回應。

「我要開門囉～～？」

打了招呼之後，空太輕輕轉動門把。沒有上鎖，門很輕易就開了。

從門縫往裡面窺視。

所有人的房間都是三坪大小，所以馬上就發現了伊織的身影。他坐在房間最裡面靠牆放置的鋼琴前面，神情認真地讓手指在鍵盤上舞動。

記得搬家公司的大哥有搬進一個很大的行李，原來就是那座鋼琴。

不過，最重要的曲子卻沒有聽到，只微微聽到敲鍵盤的聲音。

空太打開門，踏進房裡。

伊織完全沒發現空太，繼續演奏著。耳上戴著印有「ＨＡＵＨＡＵ」字樣的大耳機，耳機線直接連接到鋼琴上。是所謂的電子琴嗎？

空太盯著他的側臉看了一會兒。伊織那甚至帶點悲壯的氣質，實在不像是想放棄鋼琴，轉到普通科的人會有的表情。空太全神貫注，始終無法把目光移開，感覺到畫漫畫的真白身上也有的共通點。

環顧房內，行李幾乎都還沒打開來。唯一有的就是那座琴與搬家的紙箱，開封過的紙箱只有一個。

生活感淡薄的房間。在這之中，空太感覺到了某人的視線而回過頭去。

「唔喔！」

受到驚嚇的身體往後退了一步。眼前的是歷史上的名人，空太也認識。就是在音樂教室裡常看到的巴哈。

「比起其他行李，為什麼只先貼這張肖像畫？」

真是充滿謎團。

「唔喔！學長，你在的話就請出個聲啦！」

「啊，很抱歉擅自跑進來。不過，我剛剛有先打了招呼。」

「啊，是這樣嗎？那真是抱歉。」

伊織似乎已經結束了演奏，拿下耳機掛在脖子上。自然就看到了「HAUHAU」的字樣。

「啊，這個嗎？是姊姊給我的。她原本很喜歡，但後來說『我已經沒辦法再用它了……』」

大概是因為被美咲拿來取綽號吧。為什麼會是皓皓呢？謎底已經解開了。

「話說回來，你的房間真是誇張呢。」

「怎麼說？」

「我第一次看到有人貼巴哈的肖像畫。」

「他可是音樂之父喔，所以當然要貼吧。」

伊織眼神閃閃發亮。空太感受到了強烈的不協調感。

「這個，到了晚上不會覺得很可怕嗎？」

「神田學長要不要也貼一張？我還有一張備用的。」

伊織拚命在行李當中尋找，拿出來的是一張捲成筒狀的海報。

「這個給你。」

「你可不可以不要帶著那麼純真的眼神遞給我？」

不愧是在入學典禮當天就被流放到櫻花莊的人。也難怪了，說不定在這方面也不太尋常。

空太想敷衍而游移的視線，再度回到鋼琴上。

「可以用電子琴練習嗎？」

「啊，這個嗎？晚上使用很方便喔，聲音也不會流出來。雖然沒什麼抑揚頓挫，所以不太適合拿來練習，不過想彈的時候就能拿來彈，所以我還滿喜歡的。用來作曲也很方便，反正好的鋼琴在學校練習室裡就可以盡情彈奏。」

「你雖然說不想念音樂科，不過還真是熱衷啊。」

原本只是不經意的一句話，伊織的表情卻明顯沉了下來。只見他微低著頭，視線落在地上。

「我講了奇怪的話，抱歉。」

「……神田學長。」

「嗯？」

「你說過你認識我姊姊吧？」

「咦？嗯。雖然只見過幾次面而已。」

歡迎會上吃火鍋的時候，有稍微提過。

「就學長來看，覺得我姊姊怎麼樣？」

視線往上望的伊織帶著從未有過的認真神情如此提問。

「問我怎麼樣……是個很漂亮的人。」

空太斟酌用字遣詞後如此回覆。

「……」

伊織張大眼睛，愣了一下。

「咦？就只有這樣？就音樂上來說呢？」

「啊，什麼啊，你是問這方面嗎？抱歉，因為我沒聽過姬宮學姊彈鋼琴。」

「這樣嗎？」

「嗯，雖然聽過她幫美咲學姊的動畫創作的音樂，不過，那是叫現場演奏嗎？那個我就沒仔細聽過了。真不好意思。」

「不，這樣啊，原來你不知道啊。所以才會……」

「咦？」

「不、不，沒事！是我自己的問題。」

「被你這麼一說，就更在意了。」

「真的沒什麼特別的意思啦。話說回來，學長你有什麼事嗎？」

「本來是想幫你整理行李的……不過，現在看起來好像沒這個必要呢。」

要是現在拆了紙箱，反而會更難收拾吧。而且伊織看來也沒打算拆行李的樣子。

「還有，只是想說稍微安頓好之後再好好跟你打個招呼而已。今後請多多指教，姬宮。」

「我才要請你多多指教。」

只是，對於「姬宮」這個稱呼始終還是不太習慣，感覺好像在直呼姊姊沙織的姓氏。

「那個，我可以叫你『伊織』嗎？」

「咦？」

「對認識姬宮學姊的我來說，要直呼『姬宮』總覺得有些抗拒。」

「那麼，我也可以稱呼你空太學長嗎？」

「喔，好啊。」

既開心又不好意思的複雜心境。與仁第一次見面的時候，他要自己別叫他「學長」，現在好像能夠理解了。話雖如此，跟仁一樣被冠上學長的稱呼，同樣令人覺得很難為情。只能慢慢習慣了，況且並不會覺得不舒服。

「那麼，晚安了。明天還要上學，早點睡吧。」

「好的！」

伊織活力充沛地回應，目送空太回到走廊。接著，又傳來其他聲音呼喚自己的名字。

「神田同學？不在嗎？」

呼喚的人是七海。

「怎麼了？」

空太離開伊織的房間後，便與從更衣間門縫探出頭的七海遇個正著。她的胸前只圍了浴巾，一副刺激性的姿態。剛洗完澡暖呼呼的七海肩上浮現汗珠，長髮髮尾不斷落下水滴。身上還冒著水蒸氣，看起來莫名性感。

目光對上的瞬間，彼此停止思考了約三秒。

七海彷彿見到天敵的野生動物，迅速躲回更衣間。

「因、因為出聲叫神田同學也沒回應，所以有點在意才叫你的！」

搞不太清楚狀況，不過門的另一頭傳來辯解。

「叫、叫我到旁邊去的人，明明就是青山吧……」

「所、所以，我又沒有說是神田同學的錯……」

七海的聲音像是鬧彆扭又像在嘔氣。

接著也傳來美咲謎樣的歌聲蓋過七海的聲音。以有迴音的部分研判，美咲似乎還在浴室裡。

而真白又在做什麼呢？

「你有好好練習過了嗎？」

七海隔著門問道。

「我練習過了。應該沒問題。」

剛才進行得很順利。

「你還真是信心滿滿啊。」

「喔，不要以為我還跟剛才一樣。」

「我不會抱太大期待的。」

「妳就期待一下吧。」

「那麼，趕快讓我看看成果吧。請。」

空太呼了一口氣，開口說出已經背起來的台詞開頭。

「『妳、妳說突然有話要對我說……是、是是是、是什麼事？』」

才第一句話就破音，完全沒能講好。

「……」

「……」

完了。

「不，不是那樣的！」

「我根本什麼也還沒說。」

七海的聲音聽來已經完全受不了了，而且還很冷淡。

「我剛剛跟朝日練習的時候，很自然就說出來了啊，而且還非常流暢。」

「喔～～既然這樣，為什麼現在又不行了？」

七海追問得毫不留情。

「那、那是……大概因為對象是青山吧。」

「原來是我的錯啊。喔～～」

「我不是那個意思啦。」

「不然，是什麼意思？」

「那、那個、也就是說……」

「也就是說？」

「雖然明知道是演戲而已，可是這一幕讓人覺得好像真的要被青山告白一樣，讓人覺得很難為情啦！」

「咦咦！你、你在說什麼啦？」

「我都說了我知道只是演戲而已啦！」

「是、是啊。」

「……」

「……」

即使不照鏡子也可以想像自己已經滿臉通紅。臉好燙，耳朵好燙，脖子好燙……突然冒出大量汗水。

「那、那個，神田同學……」

「幹、幹嘛啊？」

「你會覺得難為情，是表示並不討厭的意思嗎？」

「咦？」

「表示……那個，有點意識到我的存在？」

幾乎要消失的微小聲音。

「喔、喔喔，嗯。」

「……」

「……」

「再、再練習一次吧！」

七海為了揮去動搖的心情，大聲說道。

「說、說得也是。那、那麼，就從頭開始。」

空太說出口的瞬間，更衣間的門從內側被猛力打開。

「唔喔。」

走出來的是穿著睡衣的真白。

「啊，等一下，真白！我還在換衣服啦！」

空太一不小心視線朝向裡面，就看到睡衣長褲正穿到一半的七海的腿。空太慌張地關上門。

「喂，椎名！妳幹嘛害我啊！」

「空太看起來很高興的樣子。」

「神、神田同學？」

「不、不是！我既不是不會不高興，也不是不會不想看……話說，我到底在說什麼啊！」

因為練習台詞，完全陷入奇怪的氛圍。

「神田同學，你什麼都不要再說了！」

「抱歉！真的很對不起！」

「我、我知道了啦！」

「既然空太有那個意思，我也有我的想法。」

「給我等一下，我的那個意思是指哪個意思啊？」

「就是那個意思。」

「所以到底是哪個意思？」

「我也有我的想法。」

「咦？無視我的疑問就想繼續說下去？」

「……」

真白以沉默表示不滿。

「我明白了，我明白了。關於『那個意思』就算了。不過妳說妳有想法，妳打算做什麼？」

「要研擬戰略。」

「那不就是接下來才要想嗎！」

「神田同學！你在門口讓我很難換衣服，快回房間去啦！」

「好、好……」

「在那之前，空太，幫我吹頭髮。」

真白似乎仍然有些不滿，遞出吹風機。

「妳那是拜託別人的態度嗎！」

在這期間，美咲依然心情很好地唱著歌。

就這樣，升上三年級的第一個晚上，在喧鬧吵雜聲中夜漸漸深了。

不過，事件並沒有就此結束。

深夜兩點。空太聽到尖銳的慘叫聲而從睡夢中醒來。

「哇啊啊啊啊啊啊啊啊啊啊！」

「唔喔！發生了什麼事！」

空太跳下床來到走廊，看到嚇到腿軟的伊織靠著走廊的牆壁踢著腳。

「怎、怎麼了？」

「空、空太學長！出、出來了！出來了啦！」

「你尿出來了嗎？」

「這個我在瀕臨爆發前好不容易忍住……不對，不是那樣啦！那、那、那個房間！就是那個房間啦！」

伊織以顫抖的手指著１０２號室的門。

「出、出現女鬼啦！輕飄飄地進了那個房間，嗚哇啊啊！」

「……」

「真、真的啦！我這雙眼睛真的看到了啦！」

大概是真的很害怕吧，伊織緊抓著空太的腰。

「不要緊的，放心吧。」

「空太學長！」

伊織更用力地抱緊空太。

「伊織你看到的並不是鬼。是住在１０２號室……跟我同樣是三年級生的赤坂龍之介。」

「啥？」

「順便一提，他是男的。」

「可是他漂亮得會讓人着迷耶？」

「嗯，這是事實。」

「世界真是無奇不有呢！」

雖然他理解的方式很怪，不過反正只要能明白就好了。

「喂，你們在吵什麼啊？」

對話結束的同時，千尋睡眼惺忪地從管理人室走出來。

「哇啊啊啊啊啊啊啊！無眉妖怪！」

「神田，我真的會把你毆飛喔。」

就這樣，這次真的夜深了。

四月八日

這一天的櫻花莊會議紀錄上如此寫道。

──音樂科一年級生姬宮伊織入住１０３號室。書記．神田空太

——有了新的住宿生，櫻花莊的快樂日子又從今天開始了——空太大人如此深切想著……追加・女僕

——可不可以不要加一些奇怪的旁白啊！雖然確實是這樣，但實在讓人覺得很丟臉！追加・神田空太

5

過了一週後的星期一……四月十一日舉行了新生歡迎會，校內籠罩在熱鬧的氣氛當中。當天，各社團的宣傳活動也正式開始，終於展開了新年度該有的氣象。

授課也從十二日星期二開始。

一開始就是六堂課，對還沒從春假模式切換回來的身體而言，其實還頗吃重。

一到下午，許多學生的注意力已經用盡，便轉變成睡眠學習。

空太之所以還能保持清醒，是因為他沒在聽上課內容，而是在筆記本上寫下接下來想做的射擊遊戲設計。為了一個人也能製作，空太以盡可能把規模做小，但能玩的最低限度為目標，大概有了三種創意。畫面的布局設計寫在筆記本上。縱向卷軸的正統派、對戰型，以及解謎色彩強烈

型共三種類型。

看來會比較有趣的，應該是解謎色彩強烈的遊戲，不過剛開始最好不要太貪心，從正統派著手也許會比較好。要是做不出來就沒意義了……

正在想著這些事的時候，雖然還在上課，但教室的門突然從走廊被打開了。

打瞌睡的同學們也嚇得抖了一下肩膀。

班上同學們的視線，理所當然集中在站在門口的來訪者身上。

「唔！」

首先出聲的人正是空太。

「哎呀，椎名同學，有什麼事嗎？」

小春泰然自若地問道。

「我忘了東西。」

真白更是一副光明正大的態度。

「這樣啊。妳忘了什麼東西呢？」

「空太。」

「我？」

接著，班上同學的視線全集中在空太身上。隔壁的七海輕輕嘆了口氣。

「怎麼回事？」

「遺失物品是神田，這是什麼意思？」

「不覺得那兩個人很詭異嗎？」

聽得到各種竊竊私語的聲音。

小春一貫我行我素，不負責任地說：

「那麼，妳就拿走吧。」

「不、不、不，怎麼可以啊，老師！」

「沒關係啦。反正神田也只是把我的課當成催眠曲嘛。」

「雖然是這樣沒錯，不過那個跟這個是兩回事吧……」

「你來就是了。」

企圖對不尋常的老師進行常識授課時，空太的手就被真白拉走了。

「啊，等一下，椎名！我話還沒……」

「已經說完了。」

「那麼，礙事者已經不在了，我們就繼續上課吧。」

「明明就還在吧！」

空太打從內心深處的吶喊也變得虛空。

「請慢慢享用～～」

兩人經過門口的時候，小春還如此說著揮了揮手。

關上門後，空太好一會兒都與真白並肩站在走廊上。

「那個老師，實在是不行了……」

「欸、欸，那兩個人在交往嗎？」

這時，從教室傳來小春的聲音，正在說與上課一點關係也沒有的話。

「妳好歹也上課吧！」

當然，空太靈魂深處的吶喊也沒能傳達出去。

被真白帶到的地方，是位於別棟的美術教室。

打開門一進教室，立刻受到裡面四名學生視線的集中砲火攻擊。男女各半，其中一名女孩是空太也認識的深谷志穗。不在這裡的學生，大概是在其他地方畫畫吧。

才正抱著這樣的疑問，志穗便揮舞著拿著畫筆的手。果然，顏料飛濺得到處都是。

「哇啊，怎麼會這樣！」

志穗慌張說道。

「到底在幹什麼啊……」

唉…
竊竊私語
嘈雜
嘈雜

「……我就勉為其難選擇教室正中間好了。」

空太以低調的態度，在真白指示的地方就定位。

「這樣可以嗎？」

「可以。」

「需要擺什麼姿勢嗎？」

「不用。」

「那可真是好消息。」

真白把畫布放在畫架上。

「我要在這裡站多久？」

「大概一個月。」

「這麼久！妳平常畫畫有花那麼多時間嗎？」

最多應該也不過兩週。

「我這次要認真畫。」

豎起耳朵聽到這番話的真白同班同學們表情愕然。畫得那麼棒，竟然還不是認真的嗎……搞不好大家都正這麼想著。

「妳之前也都是認真的吧？妳沒辦法妥協吧？」

為什麼空太還得在旁邊打圓場呢？

「我要超認真地畫。」

「不要說這種像是倔強的小學生會說的話。」

「我是高中生。」

「別一臉認真啦！我只是在開玩笑！話說，我又不是仙人，沒辦法整整一個月不動，我沒自信能一直站在這裡，那要怎麼辦？」

「你可以動。」

「啊，這樣嗎……」

「也可以坐著。」

「那乾脆用照片不也可以嗎？」

「那樣不行。」

真白立刻回答。

「那可真是極度令人遺憾的壞消息啊。」

「空太要活生生的才最好。」

「沒有其他表現方式了嗎……」

「活跳跳的空太才最好？」

「總覺得感覺更差了！」

雖然不知道志穗做了什麼樣的想像，不過一直反芻「活跳跳」之後就滿臉通紅。

「活跳跳的比較新鮮。」

「妳是把我當魚嗎？喂！」

「……」

「拜託妳不要突然沉默，然後開始集中精神畫畫……妳同學們的視線讓我很刺痛耶。痛到心裡去了，真的。」

真白從放了道具的木盒裡拿出木炭，似乎正用手確認觸感。

「算了，也無所謂啦。」

「欸，欸，神田同學。」

志穗把身體靠近虛脫無力的空太，在耳邊竊竊私語。

「什麼事？」

空太也跟著小聲了起來。即使如此，因為美術教室非常安靜，其他人應該也聽得到兩人的對話吧。從氣氛感覺得出大家正豎起耳朵偷聽。

「你跟椎名同學在交往嗎？」

「……」

因為是之前就問過的問題，空太忍不住以失禮的目光看了志穗。

「啊，那是看笨蛋的眼神。」

「因為這一點我之前就回答過妳了吧？」

「咦～～可是那之後又過了一段時間，你不覺得也有可能發生了什麼讓兩個人急速靠近的偶發事件嗎？」

「不覺得。」

「還沒開始交往。」

還以為真白一定沒在聽，沒想到卻回答了。

「喔！會說『還沒有』，該不會接下來就要開始了？」

志穗的眼眸就像星空般閃閃發亮。

「喂，椎名，不要說這種意有所指的話。」

「……」

不過，真白的意識似乎再度回到畫上，沒聽到空太的聲音。

「妳一定是故意的吧！」

多虧如此，包括志穗在內的四名學生視線又集中到空太身上，要求繼續說明。身處這種狀況的空太，嘴裡發出的只有盛大的嘆息。

過沒多久，教室的門打開了，千尋走了進來。

似乎是立刻發現空太的存在，瞥了一眼。

「你在幹什麼？」

「好像是畫畫的模特兒。」

空太將視線投向真白，表示詳情請洽真白。

「啊，這樣啊。」

不過，千尋一副已經沒興趣的樣子坐在角落的圓椅上，張大嘴豪邁地打起呵欠。

「千尋老師，您是不是忘了問『你不用上課嗎？』之類的？」

「反正你是光明正大翹課的吧？一看就知道了。就是這樣，所以櫻花莊的問題學生才教人頭痛。」

「被這麼認為的我才覺得頭痛啦！」

並不是想翹課而翹課。

「……這是我的錯嗎？」

「沒錯。」

「椎名不要表示認同！話說，我差不多可以回去上課了吧？我要回去了喔？總不能翹整堂課吧。畫畫的模特兒就請千尋老師擔任吧。」

空太如此不經意地說完後，真白有些不高興。

「空太對我好冷漠，對七海明明就那麼溫柔。」

「妳、妳在說什麼啊？」

因為在大家面前，所以心跳加速得更厲害了。

「最近，覺得這邊怪怪的。」

真白手撫著胸口。

「一看到空太，就覺得怪怪的。」

帶著些許困惑的眼神凝視著空太。

「搞不太懂，覺得悶悶的。」

只是真白的表情看不出痛苦的樣子，倒是臉頰微微泛紅，像是覺得很難為情的樣子。空太因為跟剛才不同的原因，胸口一陣悸動。雖然之前就知道了，不過今天的真白帶點溫暖，看來格外可愛。

「所以才決定要畫畫。」

「……」

空太突然想起了前幾天的事。那是四天前……記得真白曾說過要研擬戰略。雖然當時只認為她在開玩笑，不過看來似乎是認真的。現在這個狀況，就是她思考後的結果吧。

真白接下來說的話，證明了這個推論是正確的。

「因為我覺得只要畫空太，就會知道這個悶悶的感覺是什麼了。」

即使漂亮地猜中，空太卻一點也不覺得驕傲。完全沒有餘力自豪，臉逐漸熱了起來，冒出汗水。空太對於真白口中苦悶的真面目，已經心裡有數……真白試圖找出這種心情的答案，藉由畫空太……真白靠著畫畫描繪心情，而非仰賴言語或表情。

「現在我想畫的只有空太而已。」

包括志穗在內的四名學生的手完全停了下來，彷彿心被囚禁般，意識完全放在空太與真白的對話上。

無處可逃。既然真白都這麼說了，也沒辦法拒絕。

「知道了啦。我做，我做就是了。」

真白以自己的方式試圖前進，空太當然不可能阻撓她。即使那對空太而言，具有深遠的意義也一樣……

「不過，上課時間不行，下課再說吧。」

真白點了點頭。

「我知道了。」

「您能理解真是我的榮幸。」

「這麼一來，我跟空太就跨越那條線了。」

對於真白無視現場氣氛的大膽發言，志穗開心地大叫，摀住耳朵，扭動身體。其他美術科的學生也發出驚愕的聲音。

「妳、妳在公共場合說、說什麼東西啊！笨、笨蛋！不、不是啦，不是那樣啦！剛才講的不是那個意思喔！聽我們前面的對話就應該知道了吧？」

空太拚命尋求同意，不過美術科學生同時假裝將注意力轉回自己的作業上，故意自言自語：

「這裡該怎麼辦？」「真煩惱要上什麼顏色啊。」

看來還是趕快離開這個地方比較好。

「好，那麼我回去上課囉。」

一直跟到門口的真白目送空太快步離開美術教室。

這一天放學後，因為在美術教室裡的發言，空太被迫面臨困難的抉擇。事件發生在掃地工作結束後，真白與七海同時找上門。

「空太，到美術教室來。」

「神田同學，可以陪我練習嗎？」

「唔。」

「嗯？」

真白與七海互看著對方。

「……」

「……」

對峙的真白與七海之間，看不到的火花飛散。似乎是想起了什麼，兩人便在彷彿串通好的時間點，同時轉向空太。

「空太，選哪個？」

「神田同學，你要怎麼做？」

「這個狀況是怎麼回事……等、等一下，冷靜點！」

「我一直都很冷靜。」

「是啊。」

「慌張的人是神田同學吧。」

「妳說的也沒錯。」

「啊，哥哥～～」

就在緊迫的獨特氣氛中，傳來了一陣少根筋的聲音。是優子。若是平常，空太會覺得又多了個麻煩人物……但現在倒覺得她是救星。看來被逼到窮途末路時，還是有血緣關係的家人可靠。

「什麼事啊，優子？」

「嗯，嗯，雖然有點難以啟齒……」

「不用在意，儘管說吧，我們可是有血緣關係的兄妹啊。」

「那麼，我就說囉……哥哥，現在跟優子去約會吧！」

「不要把事情搞得更複雜！」

總之，先在優子的腦門上給一記切擊，讓她閉嘴。

「好痛喔，哥哥！這就是愛的痛楚嗎？」

「空太。」

「神田同學。」

真白與七海逼迫空太下決定。

「一定要叫我選嗎？」

不能排順序就好嗎？

空太正這麼想的時候，手機響了。

——神田，主程式已經準備好了。

是來自龍之介的簡訊。

「空太。」

「神田同學。」

「哥哥！」

——趕快回來。

「我還真是受歡迎啊！」

四月十二日。

這一天的櫻花莊會議紀錄上如此寫道。

——原本以為未來我們的關係也會一直持續下去。但是，現實卻相反，這時的每個人都已經開始產生變化……空太大人稍後才會察覺到這一點。書記．女僕

——赤坂～～！為什麼在女僕身上追加了奇怪的旁白機能！追加．神田空太

——能獲得你的好評是我的榮幸。追加．赤坂龍之介

第二章 遺落內褲的灰姑娘

「來，這個給你。」

小春越過桌子遞出一疊十張以上的影印紙。空太收下並以眼神提出疑問：「這是什麼？」

「去年媒體學系的題庫。建議你試著做一次，因為這樣就能了解大概需要多認真念書了。」

「……」

這是怎麼回事？小春這老師做得很稱職。

「幹嘛一直盯著我？該不會是想愛的告白吧？從一年級開始就一直很喜歡我？每晚都想著老師想到慾火焚身？」

總之，先不管小春的玩笑。

「老師只要肯做還是辦得到的嘛。」

「重新迷戀上我了？」

「從來就沒有迷戀過。」

本來要對她刮目相看，卻因為這句話全毀了。

「神田同學真是沒勁兒～～」

小春發出撒嬌的聲音。

「不過是學生與老師的禁忌戀愛遊戲，你就隨意附和一下嘛。三鷹同學可是會陪我玩耶。」

「請不要把我跟夜之帝王混為一談……那麼，個人面談結束了嗎？」

話題正全速衝向莫名其妙的方向。

「我說正經的，神田同學。」

小春的表情緊繃，該不會是要空太也考慮報考其他的大學，做為萬一沒考上的保險……不過，空太已經下定決心了，除了水明藝術大學以外，不做他想。

「什麼事？」

受到認真模式的小春影響，空太也壓低聲音回問。姑且先做好要聽正經話的心理準備。

「你跟椎名同學在交往嗎？」

「揍妳喔。」

不禁忘了對方的身分是老師。

「不是嗎？你們不是每天放學後都在美術教室約會嗎？」

那只是擔任畫畫的模特兒而已。

即使已經過了十天，至今仍每天放學後到美術教室。這樣看來，說不定真的要花上一個月的時間。因為真白堅持不讓空太看還沒完成的畫，所以空太完全無法掌握進度到哪裡了。

草稿結束的第二天，空太打算偷看畫布時——

「不能看。」

真白這麼說著，伸出沾了顏料的畫筆恐嚇空太。

「在完成前不能看。」

「是白鶴報恩嗎？」

「答應我絕對不能看。」

「要是看了會怎麼樣？」

「趁空太睡覺的時候……」

「趁我睡覺的時候？」

「消滅你。」

「妳的時間點太具體了，會讓我從今晚起怕到睡不著啦！」

當時曾有過這樣的對話。

是真白從來沒有過的反應，甚至還說自己要超認真畫，空太不得不實際感受到真白想畫這幅畫是有意義的。

「完成之後會讓我看嗎？」

「完成的話，第一個讓你看。」

「那麼，就這樣說定了。」

「嗯，約定好了。」

這次的畫會是什麼樣的作品呢？一有時間就會忍不住開始思考。之前真白所描繪的櫻花莊，充滿了真白的感情。一想到這一點，老實說並不想看的不安情緒出現在空太心中，同樣的，也有等量想看的期待。大約剛好各占一半。

所以每當放學後與真白在美術教室獨處時，空太的內心就會在這兩種心情之間搖擺不定，身體也總是因為緊張而僵硬。

畫完成的時候，說不定就能明白自己在真白眼中是什麼樣子。

「那麼，神田同學。」

小春喊了空太的名字，空太的意識回到與小春的對話上。

「什麼事？」

「你跟青山同學在交往嗎？」

「摻您喔？」

這到底是什麼面談？

「你們不是常在課堂上感情和睦地傳紙條？」

「唔。」

沒想到居然會被發現。內容大部分都是「晚餐要準備什麼好呢」，或是「冰箱裡還剩什麼喔」，又或是「那回家的時候順道去商店街買肉好了」之類並不特別的事。

至於七海，空太現在也幾乎每天陪她做甄選的練習。雖然正在摸索各種演技，不過至今七海似乎還沒感覺到效果。

在這期間，空太也開始電玩遊戲製作，所以最近一天的行程可說是相當緊湊。

早上起床；照料完真白之後上學；白天一邊乖乖聽課，一邊構思有關遊戲製作的事宜；放學後在美術教室擔任真白的繪畫模特兒；回到櫻花莊，在晚飯前陪七海練習演技；之後則盡可能利用時間製作遊戲。

龍之介為空太準備的主程式非常簡單易懂，就連空太也能立刻著手製作遊戲。

第一天，已經能把玩家操縱的角色呈現在畫面上。光是這樣的成果，那一整天就會高興得不得了，仔細端詳在漆黑畫面正中央孤零零冒出來的玩家機體。畢竟這可是空太製作出來的東西。

第二天，已經能用控制器讓玩家角色上下左右移動。像個蠢蛋似的移動還無法發射砲彈的玩家角色……第三天已經能射擊砲彈，不過剛開始只能射擊一發。第四天則為了設計出連續發射的程式而傷腦筋了一整天。為了處理編譯時出現的一大堆錯誤，也陷入了苦戰。第五天終於能連續發射了。一旦到了這裡，就逐漸能看到遊戲的雛形，覺得越來越有趣。

過了大約十天的現在，製作已經進行到發射砲彈打中敵人時，敵人便會爆炸而消滅，並且累積計分的程度。操控、射擊、擊中、爆炸……終於處理完最基本的東西了。

晚上幾乎都在進行這樣的作業，直到累得睡著，不過一點也不覺得辛苦。每天都想趕快做下一步，心裡急得發癢。接著，早上一起床又開始照顧真白，然後到學校去……就這樣日復一日。

老實說，根本沒有空閒跟小春廢話連篇。要是有時間，想在放學回家前構思今晚預定要做的嘍囉敵人動作模式。

「談話好像已經結束了，我要回教室去囉？」

空太不待回應，便拿起小春給的考古題起身。

「神田同學真是冷漠～～」

「我先離開了。」

「順便一提，我當時可是一點也不用擔心，就直升推薦進了水明藝術大學喔？」

小春突然如此說道。

「老師是為了洩憤，所以才兜圈子說『以人類的等級而言，妳在我之上』吧？」

「嗯。」

小春很開心地笑了。

對她刮目相看還真是虧大了……

空太打從心底如此想著，離開了個人面談的教室。

空太伸著懶腰在走廊上往本棟前進。

途中，目光停在牆上的布告欄上。對上面用圖畫紙畫的蹩腳畫感到很在意。

室的方向。

「實在看不出來跟優子同年啊……」

空太祈禱著妹妹的成長，跨步往教室的方向前進。剛開始的第一步就輕輕踢到了東西。

空太看看地板，發現有個黑色髮束。

也許是長谷栞奈剛才撞到空太時掉落的東西。空太這麼想著撿了起來。

微微感覺到肌膚的溫度。

「嗯？」

「啊！」

仔細一看，才發現那根本不是髮束。

皺巴巴揉成一團的東西，毫無疑問是內褲。黑色蕾絲，冒出性感的氣息。

「咦？為什麼！」

雖然動員整個腦袋試圖想出答案，卻浮現不出任何能正確說明這情況的假設。

一般而言，應該不會有才剛脫下來沒多久的內褲掉落在學校裡。

「這是什麼？是世界給我的試煉嗎！」

要是真有人會掉落，那大概也只有真白吧。

「世界並沒有給空太試煉。」

「嗚哇啊啊啊啊！」

空太被突如其來的聲音嚇得跳了起來。

「椎、椎名，為什麼妳會在這裡？」

這裡是一樓。三年級的教室在三樓，美術科使用的美術教室也在別棟的三樓。

「我在找空太。」

「真的嗎？」

「先當作是這樣。」

「看來妳是迷路了吧。」

「不是。」

大概是因為升上三年級換了教室，看來她還沒習慣。

「椎名。」

「什麼事？」

首先有必要調查最可疑的嫌疑犯。

「問妳一件冒昧的事。」

「你問。」

「妳有穿內褲嗎？」

「……」

真白歪著頭陷入思考。

「不、不，這不是什麼需要思考的事吧！」

「這倒也是。」

這次她則是把雙手由脇下伸入裙子裡。

「這也不是需要確認的事啦！」

「有穿。」

「真的嗎？」

「你要看嗎？」

「好，那就讓我看看吧。」

空太刻意露出強硬的態度。總不能老是被她耍得團團轉。

「不讓你看。」

「那這段對話根本就不需要吧！」

麻煩的是，第一嫌疑犯經判定是清白的。

真白看著空太手中的內褲。

「那個內褲不是我的。」

「在學校裡除了妳以外，我不認識其他可能會掉內褲的人。」

「真是無知。」

「那麼，椎名妳認識嗎？」

「除了我以外的某人。」

「真湊巧啊，我也這麼想呢……」

空太不經意將視線朝向一年級生的教室。

「不，應該不會吧……」

剛才撞到的長谷栞奈，可是被任派代表新生致詞的優等生。

「真的確定不是椎名嗎？」

「懷疑我嗎？」

「卯足全力在懷疑妳。」

「你明明就看過我所有的內褲。」

「雖然這是事實，不過要是在這裡被斷章取義，我就完全是個變態了！」

話說回來，現在緊握著內褲的這個畫面，應該也很不妙吧。要是被誰看到了，說不定高中生活一下子就毀了。綽號大概會是「變態」或「內褲超人」吧。

「一手拿著內褲在走廊上喧鬧的神田同學，不管怎麼辯解，看起來就是個完全的變態。」

「哇！為什麼連青山都出現了？」

她又不是真白，應該不會發生迷路這種事。

「我有點事要去保健室……」

七海有些吞吞吐吐。

「身體不舒服嗎？不要緊吧？」

「沒、沒事啦……不是那樣的。」

想曖昧敷衍過去的七海散發出的氛圍，空太已經隱約察覺到是什麼事了。就是讓男孩子尷尬的那個話題……

「就是那個日子。」

「真、真白！」

「……」

剛剛的就假裝沒聽到吧。七海也故意咳了幾聲。

「先、先不管這個，神田同學拿的那個！」

七海牽強地硬把話題拉回內褲上。

「是從哪裡偷來的嗎？」

「剛剛在這裡撿到的啦！」

「一時之間實在讓人很難相信。」

「請相信我啦。不然對話沒辦法繼續。」

「好吧。」

明明不是空太的錯，七海卻對他嘆息了。

「順便一提，想請教一下……青山什麼時候會在學校脫內褲？然後掉落內褲？」

「也就是說，我現在可以在這裡狠狠賞你一記耳光囉？」

七海嫣然微笑。

空太背脊不禁一陣發寒。

「不、不是啦！我沒有性騷擾的意思！」

「不然是什麼！」

「我只是想解開謎團！」

為什麼人會在學校遺落內褲……

「神田同學，那個你打算怎麼辦？」

「選項一，拿到教職員室，告知是在走廊上撿到的。」

「你覺得聽到你這麼說的老師們會講什麼？」

「『死心吧你，內褲小偷！』之類的吧……」

「我也這麼覺得。」

因此，拿到教職員室的方案被駁回。

選項二，放回原位……不過，失主可能不見得完全沒察覺，所以這樣似乎有些不負責任。

雖然心境上還是無法完全相信是長谷栞奈遺留下來的……不過，要是真是如此，最好是先機伶地確認事實，再若無其事還給她。這是在這種情況下最好的方法，也會是最完美的結果，對彼此都好……

這麼一來，就只能暫時保管了。

「從現在起，我要將這條內褲收到口袋裡。」

要是沒收進劍鞘，就這樣赤條條地拿著走在路上，那就太危險了。因為刀鋒太銳利，難保不會不斷增加傷者。話說回來，空太已經是傷痕累累了。

「因此，算我拜託妳們，請椎名跟青山閉上眼睛，或者轉到旁邊去吧？」

「空太。」

如此出聲叫喚的真白，不知為何掏出手機。

「教我怎麼拍照。」

「為什麼要現在問？」

「是按快門的好時機。」

「請不要這麼做，拜託妳！」

要是把內褲收入口袋的瞬間被拍到，心靈就會崩毀而死。

仔細一看才發現，七海也已經準備好手機的照相功能。

「說不定能派上什麼用場。」

「妳打算恐嚇我嗎！」

「空太，告訴我拍照的使用方法。」

真白拉了拉空太的手肘。

「哪有笨蛋會掐住自己的脖子啊。」

「真白，按這裡喔。」

「啊～～！不要教她，青山！」

真白啪嚓按下快門。

「拍好了。」

雖然拍出來的是與目的不同的空太特寫，不過，真白看來很高興的樣子。

「空太，你看。」

真白秀出手機畫面，拍到了慌張的空太，是一張頗窩囊的照片。

「想弄成畫面。」

「妳是說待機畫面嗎？」

七海如此回問，真白默默點點頭。

「那個可以從這邊設定。」

「謝謝妳，七海。」

看來空太的照片似乎被設定為待機畫面了。真白把手機收回上衣的口袋裡，很珍惜似的把手疊在上面好一會兒。

「神田同學，看這邊。」

「嗯？」

空太轉頭的瞬間，七海也拍了照。

「我可不是動物園的熊貓喔。」

「也不像熊貓那麼受歡迎呢。」

「那就別拍啦！」

兩人大概是這樣就滿足了，倒是放了空太一馬，沒有將他把內褲收進口袋裡的決定性瞬間拍下來。

只不過，最根本的問題還是完全沒有解決。因為內褲現在依然存在於此……

「……真的會是剛才那個女孩子遺落的嗎？」

總覺得這個可能性越想越不可能。

2

在學校走廊上拾獲內褲的衝擊性事件翌日，空太吃了朝日的貓拳後起床，與真白還有七海一如往常地上學去了。

只不過，一如往常的部分只到打開鞋櫃為止。

室內鞋上放著不常見的淡粉紅色信封，女孩子可愛的筆跡寫著「致神田空太先生」。

這是在作夢嗎？

在依然沒有現實感的狀態下，空太用手拿出來確認背面。沒有寫寄信人的名字。

總之，不先讀看看也不知道是怎麼回事。空太這麼想著，撕開愛心形狀的貼紙，小心翼翼地拆封。

裡面有一張留言卡。

——放學後，請到頂樓來。

這個莫非就是那個嗎？

「是情書呢。」

空太驚訝地抬起頭，發現真白與七海左右護法般站在兩旁。兩人的目光緊盯著留言卡。

「這個一定是那個啦。」

「哪個？」

「大概是優子的惡作劇吧？」

一旦被說出口，就覺得這個可能性最高。

「說是這麼說，神田同學看起來倒是很開心的樣子呢。」

「青山同學則是看起來心情很不好的樣子呢。」

「沒有啊……不管神田同學收到誰的情書，都跟我沒有關係……」

氣氛看起來一點也不像沒關係。

至於真白，則是目不轉睛凝視著空太，一點一點把臉逼近過來。這正是所謂無言的壓力。

「啊，哥哥！」

這時，優子湊巧跑了過來。空太等人的視線不在優子身上，而是投向她的後方。昨天空太在走廊上撞到的長谷栞奈就在那裡。

優子似乎是察覺到這樣的氣氛，很自豪地做了介紹。

「她是我的宿舍友栞奈喔。我們也在同一個班級！」

優子在入學典禮當天引以為傲的可靠宿舍友，看來指的就是她。

「栞奈可是入學典禮上代表致詞的秀才喔。」

「我們也看到了，所以知道。」

因為空太也出席了入學典禮。

「初次見面，我叫長谷栞奈。」

栞奈依然保持距離，客氣地行禮致意。

「啊，嗯，雖然昨天見過面，不過姑且還是初次見面，妳好。」

「咦？是這樣嗎？哥哥，栞奈？」

優子來回看著空太與栞奈。

「抱歉，我們見過面嗎？」

栞奈露出詫異的表情。

「不過，只是稍微撞到而已。」

空太強調了撞到的事，說不定她會因此想起來。

「抱歉。」

即使如此，栞奈的回應還是一樣。

「哥哥好奇怪喔……啊！該不會是因為栞奈長得很可愛，所以想搭訕吧！『咦？這位小姐，我們是不是在哪裡見過面？』『不，我想我們應該是第一次見面。』『啊，小生這可真是失禮了。我們應該只是昨晚在夢裡見過吧。』之類的！」

「妳那些肉麻得讓人想吐的台詞是什麼啊……」

到底是從哪學來的……

「那是信嗎？」

栞奈似乎發現空太手上拿的東西。

「咦？哥哥收到情書嗎！」

「優子在裝蒜呢。」

「不是優子寫的嗎？」

真白與七海立刻追問。

「才不是呢！不過，原來還有這個方法啊！」

「不，並沒有。」

優子的反應感覺不像在說謊。因為她是笨蛋，所以如果說謊，立刻就能察覺。真是如此的話，那麼找寄件人一事又回到了原點。

「神田同學的哥哥還真是受歡迎呢。」

栞奈看起來不太有興趣，看著空太的眼神也有些冷漠。

「神田同學，我們走吧。會遲到的。學長姊們，容我們先失陪了。」

「啊，等一下嘛，栞奈！而且，我都說叫我『優子』就好了啊！」

優子追在立刻跨出腳步的栞奈後面，也往一年級的教室走去。

剩下空太、真白、七海三個人。

視線再度集中到情書上。

「我是說如果喔，神田同學。」

「幹、幹嘛啊？」

聽到七海緊張的聲音，空太內心也同樣緊張了起來。

「如果那個真的是情書……」

「如果真的是情書？」

「而你到頂樓去的時候……」

「到頂樓去的時候？」

「有個很可愛的女孩子在等著你。」

「是的。」

「如果是這樣……那、那個……神田同學……」

雖然想繼續說下去，不過始終說不出口。

「神田同學會……」

「會跟她交往嗎？」

真白直接了當地說出七海猶豫著要說出口的話。

「又、又不是真的被告白了，這還很難說吧……就連對方是誰都還不知道。」

「我不是在問這個。」

「那麼，假、假設我真的跟對方交往了，那又如何呢？」

這有一半是對自己本身的疑問。

「我會很困擾。」

在空太想出答案前，真白便如此宣言。

「我、我也……會很困擾吧。不能再漫不經心地悠哉下去了。」

接在真白之後，七海也小聲低喃。

「我才對這個狀態感到很困擾啊……」

這時，響起了表示班會時間開始的鐘聲。

3

「所謂的『放學後』，到底是指幾點之前啊。」

話語溶入天空之中。

空太坐在頂樓的長椅上，對橫切過藍天的白雲問道。不過，長得像北海道形狀的春季薄雲什麼也沒回答。

沒有辦法，只好自己思考。

大概是到下午四點為止吧？還是到五點為止呢？或者是一直到睡覺前都是放學後？

空太來到這裡已經等了三十分鐘。

依照今早被放進鞋櫃裡的信件指示，乖乖來到頂樓。不過，卻完全不見可疑的人影，也沒有快要來的跡象。

等了三十分鐘之後，得到了一個結論。

「大概是誰的惡作劇吧。」

不過，這樣倒也好。雖然今天一整天都過得心神不定，不過對於沒有任何人出現這件事，空太倒是鬆了一口氣。

老實說，實在想不出來有誰會寫信給自己。況且，空太已經有了在意的對象。雖然說現在持續對這份感情加蓋，不過並不樂見又有誰闖入，把事情搞得更複雜。

就在手機時間正好顯示四點的時候，空太從長椅上起身。

「回家吧。」

空太刻意自言自語轉換心情。

把書包背在肩上，準備回到校舍而打開門。結果就在拉開門的同時，不知為何，伊織與深谷志穗兩人倒了下來，並異口同聲發出呻吟。

門口還有孤零零站著的真白，以及拉著真白的手，採取準備逃離姿勢的七海。

「你們在幹什麼啊？」

「來見習的。」

首先回答的人是真白。彷彿選手宣誓般，發言沒有一絲迷惘。

「別以為老實回答就會被原諒！」

「不是見習。」

「現在才想說謊已經太遲了！」

「這、這不是啦，神田同學……」

七海很不好意思地看了看這邊。

「哪裡不是？」

「嗚……並沒有不是。」

這也難怪。在這種情況下，除了偷窺還會有什麼？

「話說回來，為什麼連伊織跟深谷同學都在啊？」

空太把手伸向還倒在地上的伊織與志穗，先把他們拉起身。

「因為我聽到空太學長收到情書的情報。」

空太把目光移向真白與七海，兩人都故意看向其他方向。

「為了日後可以當做參考，就想著要把空太學長的英姿烙印在腦海裡！」

「那可真是抱歉啊，沒能回應你的期待。」

空太無力地把目光移向志穗。

「因為今早椎名同學一直怪怪的，所以就覺得很在意。」

「椎名？是這樣嗎？」

空太試著直接問真白。

「我沒有任何一天是怪怪的。」

「我想也是啦。因為平常就很怪了。」

「沒有那種事喔。她會茫然看著窗外，呆呆地吃著年輪蛋糕，還默默畫畫。」

「……那不就是平常的椎名嗎？」

「咦？這樣嗎？不過真的不一樣啦！美術科的大家都很在意呢。就像是有點憂鬱的感覺。」

「憂鬱啊……」

應該是對事情的發展有些在意吧。今天早上也是，說如果空太與寫信的人交往，她會覺得很困擾。空太有些煩惱是不是該覺得高興……

「志穗，不要說這種奇怪的話。」

「哎呀呀，椎名同學在害羞嗎？」

「我從來沒害羞過。」

真白雖然這麼說著，卻很罕見地低下視線。

「啊，糟了！我還有個人面談！抱歉，我要先走了喔！」

志穗慌慌張張衝下樓梯，低馬尾也輕飄飄搖曳著，接著很快便不見人影。

「真是吵吵鬧鬧啊……」

「不過，她的胸部意外地很大呢。」

握拳的伊織看起來似乎很高興。大概是剛才倒下時成了志穗的墊背，所以背後得以體驗那個觸感吧。

「伊織。」

「什麼事？」

「如果你現在也還想交個可愛的女朋友，度過淡粉色的高中生活，這個感想最好不要在女孩子面前講。」

真白雖然跟平常一樣面不改色，不過七海的眼神訴說著強烈的批判。

空太重新背好書包，走下樓梯。

「神田同學，你不等了嗎？」

「不了，四點已經算是等很久了。」

立刻追上來的七海問道，真白與伊織也跟了上來。

已經夠了吧。

「對了，椎名，今天是不是也要去美術教室？」

「今天不用了。」

「啊，這樣嗎？」

原本想著要擔任模特兒，所以才把四點當成等待的時限……

「我要回去畫封面。」

「嗯？又要畫雜誌的封面嗎？」

真白連載中的漫畫，上個月才登上封面以及扉頁彩頁。

「單行本。」

「喔喔，差不多也要出版了呢。」

連載是從去年十一月開始，含本月號在內已經累積了六個月的原稿。現在就算要出版單行本也一點都不奇怪。

真白確實地開始身為漫畫家的道路，每一步的距離都好大，即使不去看卻還是會映入眼裡，而且又拉開了與空太之間的距離。不過，空太已經不會再為此感到慌張失措而東跑西竄，因為結果還是只能做自己辦得到的事，況且，現在正在做的遊戲製作真的很令人開心，所以能有積極正面的心情，有確切往前邁進的實感，感覺是靠自己的腳步前進。

「啊，我要去練習教室了，失陪了。」

來到二樓時，走在最後的伊織停下腳步。

每天放學後都在鋼琴練習教室待到很晚。回到櫻花莊時，大概都已經天黑了。

「真是認真啊。」

「因為預賽快到了。這個時期最讓人心情惡劣了。啊～～真討厭，真不想彈琴了……」

這番話後半段幾乎都是自言自語。伊織的眼睛盯著樓梯旁邊的布告欄。

上面貼著鋼琴比賽的通知。

五月三日，在水明藝術大學的音樂廳。上面寫著「開放一般觀眾進場」。伊織口中所說的比賽，似乎就是這個。

「上面寫著開放一般觀眾進場，表示我們也可以去看嗎？」

「是可以啦……你打算來嗎！請絕對不要！我是說真的！要是有認識的人來看，我就會超緊張的啦！我說真的喔，要答應我喔？」

伊織一口氣滔滔不絕說完後，便像逃跑般在走廊上跑向別棟的方向去。鋼琴練習教室就在那個方向。

「為什麼人一被對方說不要來看，就會更想去呢？」

七海口中冒出這句話。

「沒想到青山個性很壞啊。」

「神田同學說歸說，自己還不是開始竊笑。」

「想說要是偷偷去，應該可以去看看吧。」

「是啊。」

真白也表示同意。

就當作是五月三日的約定，空太與七海哈哈笑了起來。

離開學校的空太等人聊著伊織比賽的事，沒有繞到別的地方就直接回到了櫻花莊。聊著聊著，漸漸開始期待比賽當天，當回到家的時候，已經把情書的事忘得一乾二淨。

「我回來了！」

跟在空太之後，真白與七海也打了招呼，遺憾的是並沒有回應。畢竟沒有人在。雖然實際上102號室的龍之介應該在家……不過，他不會露臉回應「你回來啦」。那樣就不是龍之介了。

空太在玄關與真白、七海分開，沒有目送兩人回到二樓，就前往自己的房間101號室。

接著毫無戒心地開了門。既然是自己的房間，一般都會這麼做。

不過只有這一天，空太對此感到有些後悔。

他察覺到異常變化，是在踏進房間，手背在後面關上門的時候。

空氣不對勁。首先感覺到空氣中夾雜了某種不對的味道，房間也比早上出門時還要零亂，亂七八糟。應該已經收納好的衣服，跟真白的房間一樣四處散亂。不過，這些都還好。到這裡為止都還是勉強能夠忍耐的程度。

真正吸引目光的，是一位正在空太房間裡翻箱倒櫃的女學生。她以像貓咪伸展的姿勢窺探床底下。

接著，空太與抬起臉的女學生四目相交。眼鏡後的雙眸因驚愕而動搖。是認識的臉孔。穿著水高制服的少女，正是長谷栞奈。

「這是什麼？太可怕了吧！」

空太的第一反應正是如此。

某天回到家中，一位美麗的少女正在房裡等著自己……只是聽說的話，說不定會覺得很羨慕。不過，一旦面臨不太熟悉的對象真的闖進自己房間，人類首先會感覺到的是純粹的恐懼。

「為什麼你已經回來了？」

栞奈向空太提出驚訝的疑問，彷彿在詛咒這世間沒有道理。接著，她緩緩站起身。

剛才那句話到底是什麼意思？聽起來就像是早已知道空太會晚回來。

不，現在不是在意這些雞毛蒜皮小事的時候。

有必要先正確掌握這個狀況。

空太再度環視房間。凌亂的房間，還有栞奈像是在尋找什麼的行動……對照空太與栞奈為數不多的交集，留下最深刻印象的，是昨天撞到的事……

雖然覺得應該不可能，腦海中卻自然而然浮現一個單字。

「內褲？」

「……！」

空太乾脆地說出口，栞奈的身體便顫抖了一下，立刻漲紅臉低下頭。不過，沒多久臉色又開始變蒼白。

栞奈的反應已經說明了一切。

雖然把她的名字列舉為最有力的嫌疑犯，空太仍覺得她應該不會是內褲的主人……

看來空太拾獲的內褲的主人，真的是栞奈。

有一陣子無法動彈的栞奈，突然慌慌張張地開始環顧房間。這時，她伸手拿起書桌上的厚重英日辭典，逐漸靠近空太的同時，雙手高高舉起英日辭典。

「哇～～！妳突然想幹嘛啊！」

「既然被你知道了，就不能讓你活著走出這個房間。」

「這裡可是我的房間耶？好痛！」

就在吐槽的當下，空太被揮舞下來的英日辭典直接擊中腦門。

因為沉重的一擊，腦袋搖晃了起來。眼冒金星，實在站不住了。空太兩手抱頭蹲在地上。

隱約聽到貓咪很擔心似的喵喵叫。

「那個……你沒事吧？」

空太聽到某人溫柔的話語，半睜開眼睛，便看到讓他變成這樣的罪魁禍首本人。

「很用力敲到腦袋了嗎？」

「明明是妳下的手，可以不要這樣冷靜詢問嗎！」

「因、因為我一時驚慌失措……」

這一點用看的也知道。從剛才開始，栞奈的視線就飄忽不定，顯示不安到了極點。

「我說那個啊……」

空太為了讓她放心，沉穩地開口。

「什、什麼事?」

俯視空太的目光,正逐漸恢復冷靜的神色。

「就看在這腦門疼痛的份上,妳願意告訴我理由嗎?」

結果還是完全搞不清楚是怎麼回事,這樣便一點辦法也沒有。或者該說,實在是太可怕了。

「那是……」

栞奈的動作看起來有些害羞,又似乎有些猶豫,把視線別開來。

「可以等我一下嗎?我去倒杯茶。」

還是先喘口氣比較好。空太如此想著,不待回應就走出房間。

空太用電熱水壺把水煮開,再拿著茶、茶點,以及晾在廁所的內褲回到房間。

「請用。」

「謝謝。」

空太讓栞奈坐在床上,自己也在她的對面坐下。大概是因為緊張的關係,兩人都跪坐著面對彼此。

朝日在空太大腿上蜷曲成一團。空太一邊撫摸牠的背,一邊切入話題。

「我先確認一點……這件內褲真的是長谷學妹的?」

空太先把黑色內褲還給栞奈。

「是我的。」

一拿到內褲，栞奈立刻收進書包裡，彷彿巴不得趕快藏起來，不要被別人看到。

雖然是已經知道的事，但被這樣正式告知，還是受到相當的衝擊。

「那麼，長谷學妹……」

「可以請你不要用姓稱呼我嗎？因為我討厭現在的姓。」

說法聽起來就像是有其他的姓一樣，不過現在不是討論這個的時候。

「那麼，栞奈學妹……？」

「……」

這次沒有說不行，似乎可以繼續話題。

「那麼，今天栞奈學妹過來是想偷偷拿回自己掉的東西？」

「是的……」

栞奈不願與空太視線對上，只是凝視著放在兩人之間的茶點。

「妳剛剛說的『為什麼你已經回來了？』是什麼意思啊？」

「鞋櫃的信。」

「喔，原來如此。」

大概是想用信件把空太叫出來，以爭取時間的如意算盤。那時候之所以故意與優子一起出現，說不定是為了確認空太是否已經看了信件，以及製造不在場證明。

「那麼，接下來就是主題了……妳還記得昨天跟我相撞的事吧？」

「是的。」

「所以，妳是在之後才察覺到那個時候弄丟了很重要的東西嗎？」

「我回教室立刻就發現了。折返回去時，已經被你撿走了。而且似乎正在懷疑我……」

就是因為這樣，所以才毫不猶豫來到空太的房間吧。

目的是湮滅證據。迅速拿回內褲，然後把自己掉內褲被空太撿到的事都當作沒發生過。

只要沒了證據，就算空太追究起來，也可以裝蒜假裝不知道。就常識來思考，在學校弄丟了脫下來的內褲……這種事情，要是沒有相當的證據，應該不會有人相信。

所以，只要把內褲搶回來就可以放心了。栞奈就是這樣的想法。

話說回來，試圖偷偷潛入房間裡並奪回內褲，還真是徹底付諸行動。不，應該說是被逼到走投無路了。應該是這樣。

剩下的疑問還有一些，話題正逐漸逼近核心。

那個時候的栞奈裙底，究竟是怎麼一回事？

「既然會掉……就表示應該沒有穿吧？」

如果只是弄丟了換穿的內褲，就沒有湮滅證據的必要。就女孩子而言雖然有些沒有防備，不過還可以被原諒。不過，空太撿到的是還留有體溫的內褲，是栞奈不惜當小偷也想奪回的內褲。如此一來，要說沒有什麼出乎意料的祕密，就反而奇怪了。

「是的……」

栞奈在空太眼前緩緩點頭。

這下子真的確認了駭人的事實。

「那個……該不會是只有我不太清楚，其實最近女孩子之間都流行這樣吧？」

「你是用什麼眼光在看女孩子啊？」

被罵了。

「我想也是……」

在這期間，栞奈只是低著頭，完全沒有與空太目光相交。不過，這樣對空太而言，反而比較好談話。

「我可以問原因嗎？」

究竟人會因為什麼樣的情事，而在學校不穿內褲呢？雖然去年的這個時候，發生過真白忘了穿內褲就來學校的事件，不過，這次跟那個情況大不相同。因為，栞奈是在學校脫掉的吧……而且，她不但有自覺，還是出於自發性。

一旦這麼想，就越搞不懂理由了。栞奈端莊的形象與她所做的事，落差實在天差地遠。

「……」

栞奈依然低著頭，手伸向放在旁邊的書包，從裡面拿出一本書，小心翼翼地放在茶點旁。較薄的精裝封面，標題寫著《灰姑娘的星期日》。

「這是？」

才問到一半，就沒有繼續問下去的必要了。

作者名是個令人在意的名字。

——由比濱栞奈。

雖然姓氏不同，名字也是以平假名標示，不過「栞奈」是共通的。以目前的對話看來，不可能毫無關係。

「姓是父母離婚後，再婚前的姓。」

栞奈搶先一步說明。之所以說討厭自己的姓氏，看來應該跟這個部分有關。

「也就是說，這個是栞奈寫的書吧。」

栞奈垂下目光點點頭。

「這是國中時獲獎的出道作品。」

「喔，好厲害啊。」

空太把書拿在手上翻頁。雖然理所當然如此，不過裡頭除了鉛字、鉛字，還是鉛字。

「一點也不厲害。只是運氣好而已。」

「為什麼這麼認為？」

「我現在正在寫第二集，可是完全沒有進展……」

栞奈緊緊握著放在膝蓋上的雙手，嘴唇不甘心地扭曲。

「我確實想寫，心想非寫不可……不過卻毫無進展。不管我提出多少次劇情結構，責任編輯都只是露出為難的表情。」

「這樣啊。」

為了填補栞奈說話的空檔，空太搭了腔。

「現在也已經搞不清楚之前是怎麼寫的了……每天都感覺幾乎要窒息了。一構思故事內容就頭昏眼花……即使如此，我還是想寫，非寫不可，我……只剩下這個東西了。」

仔細一看，意志堅強的眼周顯露出了疲累，說不定晚上也沒能睡好。一有煩惱就會嚴重難以入睡，睡眠也會變淺。空太也有過這樣的經驗。

「然後，在忍耐幾乎要窒息的感覺時，莫名開始覺得煩燥，想把一切都毀壞……剛開始，只是穿著很誇張華麗的內衣褲上學。」

空太撿到的內褲也給人相當性感的印象。一想到外型端莊，甚至給人樸素感覺的栞奈會穿在身上，才後知後覺地心跳加速，幾乎快讓人冒出「我脫了可是很驚人的喔」的妄想了。

「只不過是換了一件內褲，就覺得連周遭的視線都不一樣了。這種時候，連故事沒有進展的焦躁感也能忘卻……曾經能夠忘卻。可是……光是這樣，漸漸又開始覺得不滿足，我……」

這時，琹奈首次看了空太。她窺探般往上看著空太……臉頰上帶著微微的紅暈。

「接著就想要脫看看？」

「……是的。」

就連傾聽的一方都覺得不知所措，而說話者本人內心的動搖，一定更難以想像。證據就是，琹奈的雙唇還微微顫抖著。

「呃，也就是說，妳所說的……我可以解讀為壓力嗎？」

「……我想是的。」

「為了紓解壓力，所以脫下內褲來聽課？」

「……是的。」

「……」

這實在是太驚人了。

「問的人是你，請你不要一副那麼倒胃口的態度好嗎？」

琹奈極盡所能逞強的眼眸瞪著空太。

「啊，不，嗯……我沒有那麼倒胃口，大概吧。反正，每個人總會有著魔的時候吧？妳看嘛，就像因為家裡沒有人在，所以就在家中脫光光全裸的感覺？嗯，確實會有這種情況。」

本打算開朗地搭腔，栞奈卻很傷腦筋似的低下頭。

「……」

說不定是踩到地雷了。

「該不會，昨天並不是第一次吧？」

栞奈點了點頭。連耳朵都紅了。

「第二次嗎？」

「大概是第三次……」

栞奈特意帶著挑戰的眼神說道。正因如此，空太才能看穿這是在說謊。

「其實是？」

「第六次了。」

「從進水高以來？」

「是的……」

兩天一次的頻率……

空太不禁瞠目結舌。這絕對是至今的人生當中，遙遙領先成為第一名的告白。就連在櫻花莊被充滿個性的住宿生包圍的空太，也覺得這已經超出容許範圍……只能說，實在是太駭人了。

「你的表情太失禮了。明明是你自己提問的。」

栞奈虛張聲勢的目光恐嚇著空太。

「抱歉。因為我不知道怎麼樣的表情比較恰當……」

空太不禁乾笑了起來。所謂的人類，在超越極限時，似乎就變成只會笑了。雖然第一次看到真白生活白痴的程度也受到很大的震撼，不過，看來在怪人的世界裡，人外有人，天外有天。

「總之啊，要是又被誰發現就慘了，所以妳以後別再這麼做了。」

「……」

原本以為會聽到栞奈乖乖回答，她卻把視線別開，陷入沉默。

「這種時候說個『好』，不就可以完美收尾了嗎？」

「……我也理解脫下內褲上課是很異常的行為。可以的話，我也想立刻停止。要是我能自己停止，早就不再這麼做了！可是，就是因為明知道卻還是停不了……所以才會持續這麼做啊。」

最後已經小聲到幾乎聽不太清楚了。原來如此，確實是很中肯的意見。栞奈知道自己的行為很奇怪，也想立刻停止，但是現在過度的壓力勝過理智……就是這麼回事吧。

「沒有其他紓解壓力的辦法嗎？像是跟朋友出去玩。」

「我沒有朋友。」

「啊，入學後也才過沒多久嘛。」

「不是那個意思……我國中的時候也沒有朋友。」

栞奈強烈斷言，讓空太說不出「在水高就會交到朋友喔」這種話。

「優子呢？」

「她是好孩子。」

這不是空太想要的答案。

「雖然我想她應該會給妳添很多麻煩，不過，請妳跟她好好相處喔。不，可能已經給妳添麻煩了吧。不過，她不是什麼壞人。」

「……」

空太不經意說出口的話語，卻換來栞奈不可思議似的視線。

「怎麼了？」

「只是覺得會說出這種為家人著想的丟臉發言的人，還真是少見。」

「我可以當作是讚美嗎？」

「話題扯遠了，這樣也沒關係嗎？」

栞奈沒有回答空太的提問。

「當然有關係。」

也許不應該是改變紓解壓力的方法，而是該克服壓力的來源。因為問題的根本就在那裡。

「妳要是能寫書，那個……那個就會好了嗎？」

「我是這麼覺得。」

話雖如此，關於寫小說，並不是空太能處理解決的問題，最多也只能問問看以劇本家為目標的仁如何創作故事而已。不過，栞奈已經得獎出道了。也就是說，是職業級的程度。空太不確定是不是可以跟仁商量……

看不到光明的出口。

「雖然我覺得可能也沒辦法解決……」

「什麼事？」

「不過，要是妳下次又想脫，先來找我商量看看如何？」

「我要大叫了喔。」

栞奈輕蔑的目光盯著空太。因為她原本的溫度就很低了，冷漠視線的威力還在七海之上。

「妳不要誤會。我並不是想知道妳什麼時候沒穿內褲，只是覺得跟別人聊聊應該可以分散注意力。畢竟妳有隱情，也沒辦法找人商量吧？」

沒有朋友，還斷言自己交不到朋友。即使交到朋友，也沒辦法輕易全盤托出。

「這個……確實就像你所說的。」

栞奈稍微沉思了一下。接著，立刻將帶有不滿的視線朝向空太。

「沒辦法，只好試著這麼做了。」

這可以說是逼不得已的取捨吧。這種時候，這樣就夠了。

「那麼，這件事就解決了。」

「幹嘛？」

空太雖然這麼想，不過栞奈的表情並沒有放鬆，一臉認真地凝視著空太。

「我要說的話還沒結束。」

「妳是想說？」

「我很擔心你會不會告訴別人我的祕密。」

大概是故意的吧，這句話聽起來像是英文直譯的語氣。

「我不會說的啦。」

「光是口頭上的承諾，無法讓人安心。」

面對栞奈毅然的態度，空太這才了解到一件事。栞奈沒有中途就逃跑出去，而把事情全盤托出，並不是對用辭典毆打他感到抱歉，也不是因為非法入侵被發現就聽天由命，而是在約定好確定封口之前，絕不回去的心情。正因為被逼到極限，似乎也已經做好了覺悟。

「我要怎麼做妳才願意接受？」

莫非要空太寫誓約書嗎？

「請告訴我一件……要是被別人知道你就會想死的祕密。」

栞奈說出了很驚人的話。

「……這是如果我把栞奈學妹的祕密告訴別人，妳也會洩漏出去的意思嗎？」

「因為羞恥心的抑制力。」

「我還是第一次聽到有這種東西！」

栞奈維持跪坐，向空太投以認真的眼神。不過，從雙眸略顯閃爍的樣子看來，說不定心中其實感到極度不安。要是被同班同學知道了，就再也沒辦法去上學了，也難怪她會感到不安。

況且，這裡是櫻花莊１０１號室。是空太的房間，敵人的陣營。再加上空太是三年級生，而栞奈還是一年級生。光是這樣就應該夠讓人心力交瘁了……

倒也不是覺得她很可憐，只是空太開始覺得，如果能讓栞奈接受而放心，說一兩個祕密並沒什麼大不了的。

「嗯～～祕密啊。」

不過，不管怎麼想也想不出具有破壞力的祕密。

「沒有嗎？」

「如果要跟栞奈學妹同等級……實在想不太出來。」

或者該說，擁有跟栞奈差不多祕密的人，這世上究竟又有多少個呢？

早知如此，昨天把內褲收到口袋裡的決定性瞬間，應該請真白跟七海拍下來收藏才對。不過，既然那件內褲的主人是栞奈，那張照片也就帶有她的祕密……

「要是沒有，有沒有別的？我想想……你應該沒有正在交往的對象吧？」

抬起臉的栞奈說出失禮的話。

「為什麼這麼認為？」

「有嗎？」

「沒有。」

「你現在有對我虛張聲勢的必要嗎？」

「沒有。」

「唉……」

栞奈大大嘆了口氣。看來已經沒那麼緊張了。

「那麼，請告訴我你喜歡的人的名字。」

「啥？」

「總有單戀的對象吧？」

「嗯。」

「是水高的學生嗎？」

「嗯。」

總覺得很難為情。「你有喜歡的人嗎？」這樣的對話，不知已經是多久以前的事了。還能想得起來的，是去年秋天……文化祭最後一天與七海的對話。

「只要告訴我，我就老實地乖乖回家。」

雖然就現在這個時間點來說，栞奈根本一點都不老實，不過空太並沒有說出口。

——喜歡的人？

被這麼一問，空太腦中浮現出一個名字。

不過，一旦試圖說出口，空太就感覺到不同於害羞的些微猶豫。

「……」

說喜歡應該是喜歡吧，不過，要是被問是不是現在立刻想跟她交往，成為男女朋友的關係，又覺得好像不是這樣。最早像是一見鍾情而開始，隨著越深入了解，像是憧憬般的情感也萌生而越發強烈。要說的話，現在把她視為目標，追逐她的背影的含意比較強烈，所以對栞奈的質問才會感到猶豫。

「請快一點。」

話雖如此，栞奈一副空太不說就絕不回家的態度。

「……如果是一直很在意的女孩子的名字可以嗎？」

猶豫了半天，空太開口說道。

「我想世間一般稱之為單戀。」

「那麼就是也可以囉。」

栞奈輕輕點了點頭。

「可以把耳朵借給我嗎？」

要面對面說出來，實在是教人覺得難為情。

栞奈瞬間露出思考的神情，不過還是說了「請」，把臉別過去。

「那麼，容我失禮了。」

空太抱起大腿上的朝日，把身子探出去，就在栞奈的耳邊小聲說了那個名字。

「……」

「……」

說完再度跪坐，也把朝日放回大腿上。

栞奈也轉回來，面向空太。

「麻煩妳不要做多餘的深究或感想。」

空太的臉像灼燒般發熱。

「神田同學，是不是差不多可以陪我練習了……嗯？」

這時，七海說著來到房裡。

看到在床上面對面跪坐的空太與栞奈，嚇得張大了眼。

「這是什麼狀況？」

「空太。」

而且，連真白也來了。

真白的視線也在空太與栞奈身上來回游移。

「那個女人是誰？」

「一年級的長谷栞奈學妹啦。今天早上才見過，妳應該知道吧！」

「是啊。」

「那妳為什麼還問？」

「對空太而言她是誰？」

「真是困難的問題啊……」

是遺落內褲的人跟拾獲內褲的人吧。或者該說，是知道彼此害羞事的命運共同體。

「她只是來拿回失物而已。」

「內褲啊。」

「咦？」

真白的發言讓栞奈嚇了一跳，立刻以銳利刀劍般的視線砍向空太。

「你剛剛不是才答應我不會說出去的嗎！」

「因為撿到的時候椎名跟青山都跟我在一起，所以她們都知道內褲的事啦。」

「你騙人！那個時候你明明只有一個人。我要說出來了，你喜歡的人就是……！」

「哇～～！給我等一下！」

空太為了堵住她的嘴，把她推倒在床上。

「神、神田同學，你在做什麼！」

空太突然回過神來。

「抱、抱歉！」

一邊道歉一邊把栞奈拉起身。大概是嚇了一大跳，栞奈陷入輕微的恍神狀態。

「椎名跟青山會知道，真的是不可抗力啦。我是說真的。沒問題的，這兩個人都能理解，而且絕對不會對任何人說。對吧？」

空太向真白與七海徵求同意，兩人很快便點點頭表示確實如此。看到這個情況，栞奈也閉上嘴，似乎決定先觀望事情發展再說。

當然，要說這樣空太是否就得以安息，情況當然並非如此。

「空太喜歡的人？」

「那是在說什麼？」

真白與七海緊咬著空太最希望大家沒聽到的事。

「不，那個是……」

「為了要他替我保守祕密，所以請他告訴我一個他自己的祕密。」

「利用羞恥心的抑制力啊。」

說話的人是真白。

「這句話正流行嗎？不知道的人只有我嗎？」

「那麼，神田同學的祕密，就是神田同學喜歡的人……也就是說，長谷學妹問了神田同學喜歡的人？」

七海斟酌用字遣詞詢問。

「是的。」

「是誰？」

真白不容分說地提問。

「不准問！要是說了就會引發羞恥大戰，說不定世界會毀滅喔！」

「但這兩位已經曉得我的祕密，所以就算我在這裡說出你喜歡的人，應該也不會有問題。」

栞奈淡然說了正確的論點。這麼一來，確實就平等了吧。不過，要是她這麼做就全毀了，因為空太所說的名字，本人現在就在這裡。

「對不起，可以請妳饒了我嗎？」

空太極度認真地低下頭。

「我是開玩笑的。」

「可不可以不要一臉認真啊？還有，也請注意妳的視線！」

要是一個不小心，就會因為栞奈正在看誰而使祕密曝光。

「我覺得你這是在自掘墳墓，不要緊嗎？」

「咦？」

空太說了才發現，剛才那樣完全失敗了，就跟自己親口說出那個對象現在就在這裡沒兩樣。

也就是說，真白或是七海二選一。

空太先是與七海目光對上。

「……」

「……」

彼此無言。不過，七海的表情看來已經理解剛才栞奈所指的意思了。驚訝、困惑及動搖，全都顯露在眼神當中。

空太的背開始冒汗。

唯一的救贖是真白的反應。她微歪著頭陷入沉思。

「非常感謝你提高了我所知道的祕密的價值。這麼一來我就放心了。」

「總覺得我會不安到晚上都睡不著啦……」

「那麼，今天就先告辭了。還是要幫你整理一下房間比較好？」

「妳請回吧。」

「啊！等一下。」

栞奈不顧七海制止，拿起書包輕輕站起身。

「我告辭了。」

她在門口轉過頭來，很有禮貌地點頭致意。

「回家路上小心喔……」

空太好不容易才擠出這句話。

「……」

「……」

真白與七海的視線實在教人覺得刺痛，一陣一陣不斷刺過來。

「好、好啦～～青山是要練習劇本吧？椎名是想要年輪蛋糕嗎？」

空太硬是刻意裝得活潑開朗，試圖轉換氣氛。

「……」

「……」

不過，理所當然以失敗收場。

在這之後的好一段時間裡，來自兩人的視線攻擊始終沒停過。

4

栞奈離開之後，加上回來的伊織，空太與真白、七海等人一起吃晚餐。幾乎沒有對話，只有視線猛刺著空太，就連搞不清楚狀況的伊織似乎也感受到了什麼。

「今天就像在吃螃蟹時一樣安靜呢。啊，該不會是那個吧？因為我只對象女有興趣，所以就生氣了？」

「什麼是象女啊？應該是美女吧（註：ELEPHANT與ELEGANT日文音近）？」

「我是說胸前雄偉得像大象的女孩子啦。」

即使與伊織說著這樣的話，氣氛也完全沒有好轉。

晚餐結束後，空太開始著手整理被栞奈弄亂的房間。

「需要幫忙嗎？」

面對如此說著的七海盛情，空太只能心領，便鄭重地拒絕了。總不能再繼續消磨已經變脆弱的神經。

空太把房間還原後，開始製作遊戲。

只是，這天總覺得不太有這個心情，腦袋有一半都被喜歡或討厭的心神不定的情感占據。

那一天……聖誕夜，應該已經闔上的感情的蓋子，似乎在不知不覺間鬆脫了。

心想再強迫自己繼續下去也不會有成果，空太便中斷遊戲製作，關掉電腦與遊戲機電源，前往浴室。

與正好出來的伊織擦身而過，空太進浴室暖和身體。

還以為洗了澡就能轉換心情，看來今天還是不行。

他用毛巾擦拭頭髮，回到房裡。淺坐在床上的七海已經在等著自己。她穿著睡衣，頭髮也放了下來，而且現在還戴著眼鏡。

「呃啊！」

「一看到別人的臉就露出那種表情，可是讓人很受傷耶。」

「妳應該知道原因吧。」

明明是自己的房間，要踏進去卻需要勇氣。

「別擔心，因為我不會再問了。」

「妳是說真的嗎？」

空太警戒著踏進房裡，與七海並肩坐在床上。

「因為，根本就沒有問的必要。」

映在眼角餘光的七海，筆直凝視著前方，視野當中正是去年秋天真白與美咲畫的壁畫。然而，空太並不覺得七海正在看這幅畫。在他眼裡看來，總覺得她正看著更遙遠……不屬於時間也不屬於距離的更遙遠處。

「不用問我也知道。」

七海喃喃。

「這樣啊……」

空太也靜靜回應。

「從一開始就知道了。」

沒什麼大不了的。被這麼清楚說了，事到如今內心倒也不覺得慌亂了。心神不定的情感也在聽了七海的話之後，確實沉著下來。

「妳是為了說這個才等我的嗎？」

「不是。剛剛的只是順便一提。」

話說回來，這可真是順便提了一個很大的話題。也就是說主題更重要吧。空太忍不住做好心理準備。

「剛才美咲學姊來到我的房間，告訴我甄選的日期了。」

「什麼時候？」

「五月三日。她說我的時間是下午五點開始。地點已經預約了大學的錄音室。」

還剩下大約十天左右。

「然後啊，聽到這件事之後，就突然覺得靜不下來……可以陪我練習一次嗎？」

「我知道了。如果是這件事，我當然很樂意。」

空太伸手拿了放在書桌上的劇本。雖然因為幾乎每天都在重複練習，已經差不多都快背起來了……台詞也並不是很多。這次美咲的作品有很多是只有影像的場景，所以雖然影片有四十分鐘，如果只是練習台詞，大約十五分鐘就夠了。

從七海空手而來這點看來，大概已經全都背起來了吧。

「『妳說突然有話要對我說……是什麼事？』」

從不知道已經講過多少遍的最前面的台詞開始。

「『嗯，是還滿重要的事……吧。』」

來自女主角的告白。

登場人物只有空太飾演的男孩子，以及七海飾演的女孩子。至少只有這兩個人有台詞。

青梅竹馬的兩人到了高中三年級，因為女主角的告白而開始交往。幸福的日子，快樂的每一天。一起上學，在課堂上四目相交，兩人一起吃便當，一起放學回家。有時一起到隔壁城鎮買東西，或者到遊樂園去約會，搭乘摩天輪時接吻。雖然沒有什麼驚奇的發展，不過每一個情感的描寫都很有味道，讓人覺得很親切，覺得這樣的高中生活也不錯。

「嗯～～這樣好嗎？」

就在中間遊樂園約會的場景結束時，七海放棄角色，發出呻吟聲。

「我覺得剛剛的表現很好啊。」

已經融入了感情。老實說，每次摩天輪的場景都讓人小鹿亂撞。從七海的口中說出「欸，我們來接吻吧」時，就會陷入受不了了的心境。

「嗯……不過，美咲學姊說想要不加修飾的感覺吧？」

「是啊。」

「不覺得剛才的很假嗎？或者該說很刻意……」

「這個，嗯，也許是吧。」

清楚感覺到其中摻雜了演技。但那是因為空太很熟悉平常的七海，所以才會這麼覺得吧。

「真是困難啊，反過來說不要演技……」

「我倒覺得演技比較困難……」

「我是覺得比剛開始的時候好多了，已經不會讓人有想發笑的感覺。」

「那可真是謝謝妳的誇獎。」

空太的問題一點也不重要，因為要參加甄選的人是七海。

「雖然我是邊想著『女主角應該是這樣的心情吧』演出……不過畢竟只是想像。我既沒交過男朋友，也沒去過遊樂園約會，所以不太清楚。」

「這樣啊。」

「嗯～～」

「那麼，該怎麼做才好呢……」

兩人思考著有沒有什麼解決辦法。

「……」

「……」

過了一會兒，空太與視線往上看的七海目光對上。表情看來似乎是想到了什麼。空太的腦海裡，也浮現一個點子。

「……」

「……」

只是，空太猶豫著不知道該不該說。雖說是為了表演，不過可以對表示「已經知道空太的情感」的七海這麼說嗎……

「那個，神田同學。」

這時，七海開口了。

「要不要去遊樂園約會？」

語調聽來彷彿正在扮演什麼角色，有些刻意。

「為什麼要用敬語？」

「神田同學不也是用敬語？」

「說得也是呢……」

兩人不約而同輕輕笑了。

「後天星期日如何？」

這次是空太開口說道。

「那天一整天都要打工，改二十九日可不可以？」

是黃金週的第一天，還沒有預定要做什麼。

「好啊。」

「就這麼決定囉。」

「啊，不過，如果我當妳的對象，會不會不太能做為演技的參考啊。」

脫口而出的話，單純只是為了掩飾自己的難為情。空太內心有這樣的自覺。同時，他也確信現在這麼說的話，七海會敷衍著緩和現場的氣氛。因為一直以來，只要不經意變成這種氣氛的時候，都是這麼做的。

不過，今天有些不同。

「……」

七海先是不說話，抬起視線筆直凝視著空太，看起來像是有些生氣的認真神情，只有眼神動搖，向空太傾訴不安與寂寞。

「你真的這麼覺得嗎？」

因為這一句話，空太的心彷彿被揪住了。彼此一直閃避著不去面對的感情，七海卻伸出了手，眼神不容許空太別開視線逃避。

「當然能做為參考。」

「……」

「因為是神田同學，所以很有參考價值。」

「這樣啊……」

聲音沙啞。

「嗯。」

七海回應之後，迅速站起身。

「今天也謝謝你陪我練習。雖然才練習到一半，不過已經沒關係了。我、我回房間囉。」

七海很快說完，小跑步離開空太的房間。

腳步聲逐漸遠去，走上二樓。

處於恍神狀態的空太，有好一段時間眼睛眨也不眨，目送已經看不見的七海背影。

——剛才那是什麼？

疑問掠過腦海。不過，這個疑問是沒有意義的。

空太早就知道答案了。

「……」

空太閉上眼，仰倒在床上。

已經睡著的貓咪們受到驚嚇而提出抗議。

即使聲音傳進空太耳裡，卻到不了他的腦袋。

就連把意識朝外的餘力都沒了。

這個春天……新的季節到來，第三年的高中生活開始了。

在櫻花莊裡，有空太、真白、七海、龍之介、女僕，還有千尋。這時，很快又有一年級生伊織加入。空太一直以為這一年也將與櫻花莊的夥伴們共同體驗許多事，一邊歡笑著，有時一邊哭泣著……擅自以為直到畢業都將度過這樣的時光，毫無疑問認為目前的關係將持續下去。

「……」

不，真的是如此嗎？好像不是這樣。其實早就已經明白了，明白看起來相同的每一天，其實已經一點一滴逐漸改變了……

只是因為沉溺於平穩的每一天，而忘了這一點。

如同流轉的季節讓街景改變，時間的流逝也讓人的關係產生了變化。因為昨天與今天幾乎沒有不同，所以對其中的改變視而不見。畢竟就連自己心境的變化，都可能沒有察覺到……

然而，慢慢堆積微小變化，突然有一天就會展現其姿態，如同真白說想畫空太一樣……

與七海之間的關係，也在不知不覺間開始有了變化。是從什麼時候開始的呢……

「……想這些也沒用吧。」

投向天花板的聲音，原封不動地回到空太這裡。

可以確定的是，空太與七海一起度過了今天這一天。

還有已經無法回到昨天的這件事。

空太對這兩件事有了深刻的體認。

第三章 青山七海的決定

1

四月二十四日星期日……這一天，空太一步也沒離開櫻花莊，從早上就一直黏在椅子上製作遊戲。

時間還差五分鐘就來到晚間九點。

——自己已經能夠設計射擊遊戲的初步程式了。

作業開始過了十天左右，空太有了這樣的實感，從昨天就開始摸索最終內容。

剛開始把完成視為最重要而想製作縱向卷軸的正統派射擊遊戲，不過，才剛做了兩個嘍囉敵人的類型——

「總覺得樸素到一整個很無趣？」

自己發現這一點，於是判斷應該改變方向。

之後選擇的是一對一的對戰型射擊。是從以3D呈現的多角機體後方來看的畫面，也就是會被分類為第三人稱射擊……TPS的遊戲內容。不過，因為未使用縱軸，所以外表是唬人的3D，實際上的運算則是2D……

規則很簡單。在既定的範圍內互相攻擊，先讓對手的能量歸零的就贏了。

武器共準備了三種。第一種是可以連續發射但威力較弱的射擊；第二種是無法連續射擊，彈速也很慢但威力很強的飛彈；第三種則是每次遊戲只能使用三次的炸彈。炸彈還會短暫持續在玩家角色的正面爆炸，也扮演了消除敵人砲彈的角色。當然，要是把敵人捲進來也能給予打擊，還能用來瞞過敵人耳目……預定是如此。

今天花一整天的時間完成的，只有第一種射擊。

幾乎所有時間都花費在製作敵方ＣＰＵ的思考模式。成果也相當不錯，在快要天黑時，已經能確實狙擊玩家進行攻擊了。

終於變得比較像遊戲了。空太因為太開心，不厭煩地花了一個小時左右玩還沒完成的遊戲。

還剩下體力計量表的設定，只要能作出勝負的判定，整個流程就完成了。當然，還需要加入剩下的兩種攻擊手段——飛彈與炸彈，不過空太現在覺得那應該不會很困難。

製作意外地很順利。

幾乎讓人覺得要是有更多作業時間就好了。

雖然星期日可以花上一整天，不過平日就沒辦法。

好像稍微能夠理解龍之介那麼豪邁地翹課的心情了。話雖如此，倒也不會想模仿就是了……

如果以這樣的進度來看，大約再過一週就能成形了吧。

空太放下控制器，身體往後仰，用力伸懶腰。

因為一直坐著，肩膀發出喀啦喀啦的聲音。

「啊～～」

注意力一旦中斷，就忍不住發出這種聲音。

空太躺在床上。

心中滿溢充實的感覺。今天已經盡力做了──空太有這樣的實感。

他察覺到背後壓到了什麼東西，輕輕抬起腰拿了出來。抓在手上的是一本精裝書。是前天長谷栞奈留下來的東西，當天空太就讀完了。原本只是睡前抱著好奇的心態打開來看，不過一旦開始閱讀，就抓不到停下來的時機點，回過神來已經讀到最後一頁了。

其中的餘韻現在也還留在心裡，是一篇讓人印象深刻的故事。不過，寫不出第二集的栞奈現在很痛苦。

「姑且問看看吧。」

空太有了這個念頭，伸手拿起放在旁邊的手機，從電話簿找出令人感到有些懷念的名字，按下通話鍵。不可思議地感到有些緊張。

『怎麼啦？』

手機傳來的，是三月從水高畢業的三鷹仁的聲音。

「只是想說不知道你最近過得怎麼樣。」

『因為老是拒絕聯誼的邀約，所以被評價為很難相處的人。才剛入學就覺得自己要度過孤獨的四年，讓我害怕得直發抖。』

「啥？」

『不過，當我說出自己已經結婚有老婆了，大家又覺得很有趣而靠過來。現在則被當成中心人物看待，實在是很困擾呢。』

「你在說什麼？」

『我的近況啊。不是空太問我的嗎？你也振作一點吧。』

這麼說來確實是這樣沒錯……

『那麼，你是有什麼煩惱嗎？』

「請問要如何創作故事？」

空太正是因為這個才打電話的，所以趕快切入正題。

『怎麼啦？你的遊戲需要劇本嗎？』

「如果真是這樣，我絕不會自己寫，會毫不猶豫拜託仁學長。」

『為了回應你的期待，我會努力精進的。』

空太對於很有仁作風的回應感到安心。

「其實是我前幾天認識了一位新生是小說家，說是寫不出第二集，所以很煩惱。」

『會稱為小說家，表示已經出道了嗎？』

仁的聲音帶著些微驚訝。

「是的。也出過書了。」

『那麼，空太是想助這位可愛的女孩一臂之力囉。』

「如果我記得沒錯，我既沒說她可不可愛，也沒說她是女孩子吧？」

『不是嗎？』

「不，確實是個可愛的女孩子啦。」

『你還是一樣很會照顧人呢。』

「不是那樣啦。只是想說剛好有可以請教的仁學長，就試著問看看而已。」

『你自己的事有進展嗎？』

「託赤坂的福，遊戲製作還滿順利的。現在覺得很開心。」

現在電視上也還顯示製作中的遊戲畫面，敵方ＣＰＵ拚命攻擊不會動的玩家操縱的角色。

『那可真是可靠啊。那麼，那個女孩子的名字是？』

「咦？」

『我是問那位可愛的小說家學妹啦。不是空太你來問我的嗎？』

說得也是。一提到開心的遊戲製作，差點就忘記了。

「她叫由比濱栞奈。『栞奈』是寫成平假名的『栞奈』。」

『喔喔，那個我知道。是以《灰姑娘的星期日》這部作品得到新人獎的女孩子吧？我也讀過她的書。』

「啊，是這樣嗎？」

這麼一來，說不定更好談了。

『因為她十四歲就出道了。當時還稍微成了話題，而且評價好像也不錯。』

空太之所以會不知道，大概是因為平常只看漫畫吧。

『喔～～她進了水高啊。這世界也還真小呢。』

藝大附屬高校就是會聚集這樣的人吧。

『也就是說，空太拋下真白跟青山學妹，盯上這個女孩子了嗎？』

仁輕浮的口氣一點也沒變。

「不是。」

『你的不是是指哪一點？「盯上這個女孩子」嗎？』

「沒錯。」

『那麼，「拋下真白跟青山學妹」這一點沒錯嗎？』

「……」

『你既然沒有否認，就表示跟那兩個人之間發生了什麼事嗎？』

不愧是仁，果然很敏銳。畢竟是過去曾經一次與六位女性交往的男人。雖然不能當作榜樣，不過從沒交過女朋友的空太，生來就不是這位的對手。

「這個話題，嗯，無所謂啦。雖然不是太無所謂，不過無所謂。」

『什麼跟什麼啊？』

仁在電話另一頭笑了。

「回到正題囉？」

『你是說小說家學妹因為寫不出第二集，正在煩惱的事？』

「是的。」

『嗯，以那個作品風格來看，下一集確實會陷入煩惱吧。』

「這是什麼意思？」

『空太看過了嗎？』

「嗯，前天晚上讀過了。」

類型是現代故事。女主角是國中二年級，頂著現在少見的低馬尾，戴著眼鏡，硬要說的話，算是很樸素的女孩子。

在學校也不特別搶眼，不過，倒也不特別格格不入。休息時間有能一起聊天的同學，也有能每天一起吃便當的朋友。

朋友圈裡只要有一個人笑，大家也會跟著拍手笑著說「那是什麼啊，超好笑的」。她的日常生活大概就是這樣。

不過，她的內心卻沒有在笑。雖然有朋友，卻沒有能說出任何煩惱的好朋友……稍微了解深一點，會發現她也擁有這樣的一面。

她不覺得學校有趣，也討厭收到朋友的簡訊就非得立刻回信的氣氛，心裡覺得這些都很蠢。雖說是朋友，結果也只是表面，只用紅外線交換電子郵件信箱來維繫這樣的關係。愚蠢至極。不過，事實上她卻比任何人都留心儘速回覆簡訊，因為不想中午一個人吃便當。

就這樣，她消極地維護人際關係，即使感覺到無法呼吸的強烈窒息感，她還是知道只要漏掉一次就會致命。要是被誰說了「那個女孩子得意忘形」，就再也無法在朋友圈當中生存。

每個人都對這樣的緊張感與封閉感覺得很不可思議。不光是她，朋友圈裡的每個人還有班上同學都感到緊繃。不過，沒有人試圖打破這個框架。雖然不喜歡，不過倒也算和諧。

——世界容不下企圖破壞和平的人。

班上每個人都知道的世界上的常識。所以，大家都遵守不成文的規定。

她在作品中稱之為「沒有人獲得好處的忍耐大會」。

就在這種日子當中的某個星期日，她為了抒發鬱積已久的心情，盡全力打扮時髦，到平常幾乎不會去的隔壁城鎮。

放下直順長髮，也把眼鏡換成隱形眼鏡，還上了點淡妝，穿上買了以後一次也沒穿過的極短迷你裙。挺直背脊，搭配買來的靴子，不可思議地心情也有了很大的改變。

她喀喀踩著腳步，精神抖擻地走在隔壁城鎮。光是這樣，就覺得世界看起來顏色都不一樣了。平常不受男孩子青睞的她，這一天卻強烈感受到周圍的視線。光是擦身而過，就知道對方在看著自己，從氣息可以感覺到對方還回過頭來看自己。就連高中生雙人組說著「你不覺得剛剛的女孩子很可愛嗎？」的對話，也都傳進了耳裡。

完全忘卻在學校裡感受到的封閉感，也不會覺得呼吸困難，連景色看來都更美，天空看起來更遼闊。優越感與開放感，在這條街上，沒有束縛她的規定。

這天之後，她幾乎每週都會盛裝打扮，星期日就到隔壁城鎮去。在時尚雜誌介紹的店裡與店員聊天，平常因為緊張而不敢去排隊的人氣可麗餅店，也光明正大前去挑戰。

就在好幾次之後，她也在隔壁城鎮交了朋友。對方沒有手機，所以慶幸省了煩人的互傳簡訊。她跟這個僅限星期日的朋友什麼話都能聊，不論是在學校的不滿、戀愛的煩惱，還有父母離婚的事……媽媽再婚的事……以及不論在家中或在學校都沒有容身之處的事……

每個星期日這樣的情況，從中途開始就用分不清是現實還是夢境的巧妙表現描寫。究竟會是什麼樣的結局？空太緊張地翻到最後一頁。

結局唐突地到來。

有了可稱為好友的朋友——就在她認為現在是最棒的一刻的這一瞬間……

她突然醒了過來。

映入眼簾的是陌生的白色天花板。

白衣男性過來攀談，她才知道這裡是醫院。似乎是她突然在學校昏倒，被送到醫院來。

雖然醫生說著難懂的壓力之類的什麼東西，她卻無法理解。就在剛才為止，她應該還在隔壁城鎮與朋友開心談笑……

同樣的不知所措，身為讀者的空太也感受到了。不過，就在抱持著「這是怎麼回事」的疑問時，故事結束了。

究竟到哪裡是現實？而從哪裡開始又是夢境呢？

因為很在意而把書翻回去重讀，不過還是找不到能確實理解的描寫。

這成了強烈不舒服的餘韻，卡在喉嚨深處，閱讀後的心情實在是沉靜不下來。

——現實就是這麼一回事。

過了兩天後的現在，彷彿聽見栞奈這麼說著。

『你的感想是？』

仁簡潔問道。

「雖然很有趣，不過覺得很不舒服。仁學長的感想呢？」

『我覺得不像是虛構的故事。』

「這是什麼意思呢？」

『我想想……應該說，這不是想寫小說才構思出來的故事，而是將原本就存在自己心中的東西，以小說的形式發洩出來。』

「啊啊，原來如此。」

空太明白仁想說的東西。描寫學校這個空間的封閉感，或者與朋友之間關係的膚淺平淡，確實讓人覺得噁心不舒服。

而且，大概是因為與表示自己沒有朋友的栞奈已經認識，所以確實會覺得故事恐怕也包含了她的實際體驗。

父母的離婚，以及之後與媽媽一起度過的生活。再加上，書中也有提到因為媽媽再婚而有了新爸爸，女主角「不喜歡新姓氏」的想法，無論如何就是會隱約看到說出「討厭現在的姓」的栞奈的影子。

就連在閱讀時，也幾乎已經將女主角當成栞奈了。空太有種像是偷窺了栞奈的國中時期的內疚感。說不定就是因為這樣，所以才更覺得不舒服。

『之所以會說寫不出第二集，大概是因為現在是要把不存在自己內心的東西，從一張白紙開始創作吧？什麼也不用想就寫出來的第一集，同樣的方法當然不能用在第二集。』

「那麼，要怎麼做才能開始創作？」

『一個是不要硬逼自己寫，而是等待自己心中想宣洩的情感累積。』

「呃，好像不太能繼續等……」

畢竟寫不出來的壓力，已經用很激烈的方式呈現出來了。要是放著不管，絕對很快就會發生慘劇。

『被編輯催稿嗎？』

「她說就算提出架構，編輯也不能接受。」

『這樣啊。那麼，我只說相當入門的東西喔。』

「啊，請等一下。我要寫在紙上。」

空太慌張地移往書桌，準備好紙與筆。

『又不是什麼值得特別做筆記的東西，你可別太期待喔？』

「準備好了。」

『基本上，如果只把故事當成骨架，其實是很簡單的東西。什麼樣的主角，在什麼樣的世界或場合，遇到了什麼樣的人物或事件，做了什麼事，有什麼樣的感受，最終結局是什麼樣的感覺……組成架構就只是這樣。』

仁刻意慢慢說著，所以空太能好好做筆記。

『以《灰姑娘的星期日》來打個比方，我想想看……在學校、家中都找不到自己容身之處，每天過得很拘束的國二女學生，某天到沒有人認識自己的隔壁城鎮，與沒有瓜葛束縛的人們接觸，邂逅了什麼話都能聊的朋友，找到了令人安心的容身之處，因而發現希望的故事……大概是這樣吧。』

「原來如此。」

『雖然讀到結尾，不管如何別開視線不去面對，就是會感覺令人窒息的現實仍然存在。她可能是想表達「夢終究會醒」吧？』

聽仁這麼一說，那個結局確實可以這麼解讀。

『還有就是，作者要先知道自己想透過這個故事，讓讀者有什麼樣的感覺，希望讀者如何解讀，這點很重要。如果故事內容是構思出來的。』

「是指主題是什麼嗎？」

『簡單來說，就是這樣吧。只是，我剛剛說的當然就故事整體而言是如此，以每一個登場人物來說也同樣可行。』

「喔。」

『如果，裡面有一個「不會察言觀色的笨蛋」呢？』

腦中不經意拿伊織來想像。

『在這傢伙身上加了什麼樣的印象，描寫方法也會跟著改變。要如同字面上的意思讓人覺得「是個無用的窩囊廢」，或者在閱讀時以「無法讓人憎恨的可愛笨蛋」的方式呈現。扮演不會察言觀色的笨蛋，給周遭添麻煩，讓別人不幸，就是一個令人困擾的角色……相反的，如果是個不考慮自己的得失，不自覺就把周圍的人都扯進來之後，結果反而讓大家都幸福的傢伙，就會莫名給人無法憎恨的感覺吧？』

即使站在同樣的起點，前者與後者確實給人完全不同的印象。

「下次我會試著跟她說看看。」

『如果這樣也可以，我有簡單整理的範本，之後再寄給你。』

「真的嗎？真是太感謝了。」

『不過，我不保證能幫上忙就是了。』

這時，還開著的電腦收到了郵件。是仁寄來的。看來很快就寄過來了，還刻意不說已經寄出，實在很像仁的作風。

『那麼，不用聽空太諮詢戀愛的問題嗎？』

「這個我會自己想辦法。」

『喔，真是男子漢啊。』

仁故意做出誇張的反應。空太絕對被當笨蛋耍了。

「如果真的不行了，我再找仁學長商量。」

『既然要逞強，就應該裝酷撐到最後吧。』

仁放聲大笑了起來。

「要是這麼做，不是會變得更難看嗎？」

『在戀愛當中覺得害臊是沒有好處的喔。因為最後還是要變得赤裸裸的。』

「身心都是嗎？」

『不過，現實應該是身體先赤裸裸吧。』

空太說著，覺得有些不好意思。

「真不知該說是生動逼真，還是沒有夢想……」

兩人繼續這個話題時，空太的房門被打開了。真白一臉像是到自己房間的表情走了進來。有什麼事嗎？

「啊，抱歉。明明是我主動打電話，不過椎名現在過來了。」

『那當然不是理會畢業學長的時候了。』

空太無視仁的調侃。

「那麼，我會再打給你。」

『嗯。』

空太掛上電話。

真白坐在床上，來回看著還開著的電視與遊戲機的控制器。

「要玩看看嗎？」

「……」

空太讓不發一語的真白握著控制器，然後大概說明操作方式。到這裡為止真白都沒反應。

「那麼，要開始囉。」

重新開機，執行還沒完成的遊戲。

真白看起來不太靠得住地操縱控制器，畫面上的玩家角色也不安定地動著，朝向敵人的反方向射擊。

「空太。」

「幹嘛？」

「好無趣。」

「嗯，妳要是認為這些操作很有趣，我才會覺得很驚訝！」

況且，遊戲還沒製作完成，希望不要給予評價。

「是大爛作。」

「妳這句話是從哪學來的！」

「女僕教我的。」

「原來妳們感情這麼好啊……」

究竟兩人都在聊些什麼呢？

「女僕說過。」

「她說什麼？」

「空太正在製作大爛作。」

「我又不是刻意想做出爛作的！」

等一下再傳抗議簡訊給女僕吧。

「先不管這個，椎名。」

「什麼事？」

「畫漫畫的時候，妳有沒有感受過壓力？」

「壓力？」

「因為不順利而覺得焦躁，心煩意亂，或者什麼也想不出來所以很焦慮。」

「有啊。」

本來以為應該沒有，沒想到真白的回答竟然是肯定的。

「這種時候妳都是什麼樣的心情？」

「沒來由的……」

「沒來由的？」

「想對空太……」

「對我？」

「好好欺負一番。」

「別這樣。」

「我正在欺負了。」

「妳已經下手了嗎！」

看來在不知不覺間已經被迫協助真白抒發壓力了。她偶爾會說些奇怪的話，其實就是在抒發壓力嗎？

「最近的空太得意忘形。」

「為什麼我突然要挨罵？」

「不太行。」

「還默默就讓我吃了ＮＧ嗎！」

「完全不行。」

「什麼跟什麼？又是什麼新話題？」

「根本上不了檯面。」

「HELP！」

「其貌不揚。」

「到底在講什麼！」

這是從來沒有過的模式，真是讓人不知所措。

不知道真白是不是滿足了，突然沉默下來。

「……」

「……」

彷彿在等待什麼似的看著空太。

「如何？」

「什麼東西如何！」

「對我心跳不已了嗎？」

「覺得很煩躁啦！」

「……失敗了。」

真白把手按在嘴唇上，似乎正在沉思。

「妳到底在打什麼主意？」

「麗塔說過。」

「出現這個登場人物的時候，為什麼就會讓人有種不祥的預感？」

「兩人陷入一成不變的關係了。」

「我跟椎名嗎？」

「乾季。」

「有過雨季嗎？」

「所以才會對空太冷淡。」

總覺得跟平常的口氣不太一樣。

「雖然覺得應該不至於，不過妳莫非是在模仿麗塔？」

「很像吧。」

「虧妳那點程度就這麼信心滿滿啊！」

「就是這麼回事。」

「不，我完全搞不懂是什麼意思。」

看來直接問麗塔比較快。

空太拿起手機，傳了簡訊給麗塔。

日本與英國的時差大約是九小時，所以那邊現在應該是中午。

——妳跟椎名說了什麼？

過了一會兒收到回信。

——我只是教她一個基本的戀愛技巧喔？

——告訴我詳細情形。

——對他而言，妳總是在他身邊已經變得理所當然。為了讓他回過頭來看妳，最好先稍微保持距離，然後再確實向他強調：「如果你以為我一直都會在你身邊，那就大錯特錯了！」等到他失去妳，心中彷彿開了個大洞之後，接著就輪到他來追妳了！

——看起來就像整個照抄文章啊。

——因為就是照抄的。

——我就知道！

——龍之介都已經對我冷淡這麼久了，你不覺得他也差不多該對我溫柔一點了嗎？

——這是哪一段？

——我與龍之介戀情的話題。

——可以請妳去跟赤坂本人談嗎？

——請轉告龍之介。「要是不寄信給我，我就要跟其他男生約會，要把我重要的東西給別人了喔。我是認真的喔。」

看來麗塔也正在實踐戀愛的基本技巧。

總之，先照麗塔拜託的，把簡訊轉寄給龍之介。

——麗塔這麼說喔。

接著立刻就收到回信。本以為是女僕，沒想到是龍之介寫的。

——那可真是好消息。你就這麼告訴她吧。

雖然不是絕對不行，不過麗塔實在是太可憐了，所以空太說不出口。看來麗塔與龍之介的戀情，今天也沒能順利進展。不過，既然已經知道了想知道的事，這件事就這樣放著不管吧。

空太突然從手機畫面上抬起臉。大概是已經沒事了，只見真白正要走出房間。

「給我等一下！好歹也讓我發個牢騷吧！我累積壓力了！」

真白一副無可奈何的樣子回過頭來。

「因為……」

「有什麼好因為的！」

「空太要跟七海約會。」

真白從完全沒有戒備的地方，重重砍了一刀過來。才一擊就成了致命傷。

空太覺得這沒什麼好隱瞞的，所以昨天晚餐後就在飯廳決定會合時間與地點，實在是失策。

真白之所以會找麗塔商量，大概就是因為這件事。

「那只是為了當作配音的參考喔。」

「……」

真白直盯著空太。

「幹、幹嘛啊？」

「空太有喜歡的人。」

這次似乎是延續栞奈過來時說的話題。

「那個，嗯，一般都會有吧。」

空太想用一般論矇混過去，真白繼續追擊。

「有喜歡的人，跟七海約會。」

「別、別胡亂猜測。」

沒辦法清楚反駁，真是讓人焦急。栞奈來的時候，雖然真白似乎並沒有察覺空太自掘墳墓，不過並不保證現在也還沒發現。也有可能在真白與麗塔商量時，麗塔發現事實，告訴了真白。

不是真白就是七海。那一天，空太等於是間接表明自己喜歡其中一個人。

要是在這裡強烈否認不是七海，用消去法就等於在說喜歡真白。這樣的告白未免太淒慘了。

「哦～～」

「妳那個罕見的反應是怎麼回事？」

「空太有喜歡的人……」

「還來啊！」

「跟七海約會。」

「約會的名目是要當作配音的參考！除此之外什麼也不是！」

「空太有喜歡的人……」

「可以不要再繼續這個話題了嗎？」

「對七海很溫柔。」

「妳到底要我怎麼辦？」

不管怎麼看，空太就是完全遭到懷疑。

「空太有喜歡的人。」

「還要繼續嗎！」

「七海也有喜歡的人。」

「呃，都會有吧。」

「我也有喜歡的人。」

真白的雙頰好像微微泛紅。如果不直盯著看大概不會發現。她的眼神也在動搖。

「……」

真白有喜歡的人。

這好像是第一次聽到她這麼清楚明確地說出口。

「這就是三角函數。」

「差一點！」

「是三角關係。」

「雖然是正確解答，不過可不可以不要當面講啊！」

「為什麼？」

「因為我的玻璃心都快碎掉了啦！」

錯不了。真白已經幾乎掌握了空太、真白、七海三人的關係圖，現在是什麼樣子。

「這樣剛好。」

「人生中有什麼狀況會是三角關係剛好的啊？」

「綾乃說的。」

這是真白的責任編輯，飯田綾乃。

「喔，為什麼？」

「差不多該要三角關係了。」

「我想妳那個應該不是指現實的狀況吧！應該是『椎名小姐的作品今後需要的要素』吧？」

「是。」

「既然這樣，這是很重要的部分，請不要省略掉！嚇得我都打冷顫了……話說回來，妳知道三角關係是什麼意思嗎？」

總覺得有些可疑，畢竟她可是真白。

「我知道。」

真白自信滿滿。應該說，她無時無刻不自信滿滿。

「真的嗎？那妳倒是說說看。」

「不要。」

「妳根本就不知道吧！」

「我說出來的話，空太會很困擾的。」

「……」

彷彿被重重敲到腦門的衝擊，連話都說不出來了。

「就算這樣還是要說嗎？」

「不，不用了……」

空太感覺到，說不定已經沒辦法再等下去了。

非得思考的時刻終將來臨。

非得決定的時刻終將來臨。

即使還沒準備好，現實還是會毫不留情地逼近過來，這點空太早就知道了。在這一年當中已經學到，已經體驗到了。

雖然不是完全，即使不是萬全，就算仍感到猶豫……非得選擇的時候終將來臨。所謂的人生就是這樣。

空太能做的，就只有在被許可的時間範圍內，徹底煩惱並找出答案。

然而，真白正在畫空太的肖像畫，空太感覺到這個時間已經所剩不多了。

2

翌日星期一，空太午休時拿起書包起身。

「要去找真白嗎？」

坐在隔壁的七海問道。

「不，有點雜事。」

「什麼啊？」

因為七海沒有逼問，空太曖昧回答後走出教室。

下了樓梯，前往一年級的教室。優子說她是三班，同班的長谷栞奈應該也在同一間教室。

來到不同年級的走廊，即使已經升上三年級，還是會覺得有些緊張。還是一年級的時候，空太明明也待過這邊一樓的教室。

看了一下三班教室。雖然看到了在較前方的桌旁與朋友一起吃便當的優子，不過沒看到重要的栞奈身影。

正打算折返的時候，與優子目光對上。

「啊！哥哥～～！」

「那個笨蛋……」

優子大聲叫喚，自然非常引人注目。優子離開座位，跑向空太……這時，她絆到門檻跌得狗吃屎。

臉部受到重擊，連看的人都覺得痛。

多虧如此，又受到更多人的注目了。

「要不要一起吃便當？」

「不要。」

空太拒絕額頭跟鼻子都紅通通的優子。

「不然你來這裡做什麼啊！」

「栞奈學妹呢？」

「她說要去福利社……還沒回來？怎麼辦？遇難了！」

「大概是不想跟吵死人的優子一起吃中飯吧。」

「才沒那回事呢～」

不懂得懷疑別人，還真是件可怕的事。

「那麼，我要走了，我沒事要找妳。」

「我、我也沒有啦！」

妹妹在背後逞強，讓人搞不太懂，空太快步走了出去。

還是去福利社看一下。學生們聚集在賣麵包的地方，當中並沒有看到栞奈的身影。或者該說，以栞奈的個性，大概不會鑽到人群裡吧。

還有其他栞奈可能會去的地方。

「……」

雖然覺得希望不大，不過空太還是決定到頂樓去。

回到走廊上，爬上樓梯。從一樓到頂樓有些距離。

來到門前已經氣喘吁吁。

到達頂樓。

晴朗的天空迎接著空太，吹來陣陣舒爽的風。

現在這個季節剛好，既不熱也不冷。

在距離入口最遠的長椅上看到了栞奈。

她背對空太，面向圍籬的另一端。

空太靜悄悄地靠近，在距離栞奈約一個人的地方坐了下來。

察覺到氣息的栞奈，露出警戒的神情。

「原來是你啊。」

「可以坐妳隔壁嗎？」

「旁邊的長椅還空著啊。」

栞奈的視線越過空太，落在前一張長椅上。

似乎是拐彎抹角要他坐到那邊去。

空太假裝沒察覺，從書包裡拿出便當盒打開。之所以會一點感動也沒有，是因為這是自己今天早上六點起床做的便當。

把蘆筍肉捲放進嘴裡。味道沒話說。

「稿子的狀況如何了？」

「原來你是不會察言觀色的人啊。」

「因為我想栞奈學妹要是覺得很困擾，應該會自己移動到隔壁的長椅吧。」

「……」

栞奈無言地起身，卻一步也沒動。過了一會兒，她又坐回原來的地方。大概是因為要是這時移到旁邊的長椅，就好像同意了空太的話，所以又不願意吧。

「不可以自己一個人吃中飯嗎？」

「我有說不可以嗎？」

「……你不是因為覺得我很可憐才坐下來的嗎？」

「可是我也是一個人啊？」

「……」

「要是在意自己一個人，回教室去跟優子吃不就好了嗎？」

「……」

這次栞奈則是沉默不語。

看來還是趁早改變話題比較好。

空太正這麼想，栞奈主動開口了。

「我不喜歡人多的地方。」

並茫然吃著三明治。

「那個……」

「什麼事？」

「請不要一直看我吃東西，實在很難為情。」

完全看不出來。不過，她沒有與空太對上目光，說不定真的覺得很不好意思。

「抱歉。」

空太道歉，用筷子夾了可樂餅。

「狀況不太好。」

栞奈小聲說道。

「嗯？」

「是你開口問的吧。問我『稿子的狀況如何』。」

確實如此。

「所謂的不太好，是指沒有進展嗎？」

栞奈點了點頭。

不過，知道她的情況是在三天前，本來就不該期望會有很大的進展。

「週末有時間所以不行。大概是一直在想寫小說的事，總覺得很煩躁……今天沒什麼餘裕，所以才會在這裡。」

「是的。」

「所以，今天是累積壓力的狀態？」

接著又像在找藉口般補充：「平常你妹妹總是死纏爛打邀約，所以我會在教室裡吃中餐。」

空太的視線彷彿受到吸引，朝向栞奈的裙子，尤其對裙襬在意得不得了。

「我先聲明，今天有穿。」

「那就好。」

「請不要用下流的眼神看我。」

「我沒有用那種眼神看吧！」

只是想到要是被風吹起來可就不得了了，所以覺得很擔心。空太用筷子把飯送進嘴裡。

「栞奈學妹為什麼想成為小說家呢？」

「我並不是自己想當才當小說家的。」

「這樣嗎？」

不過空太也不認為可以不小心就當上小說家……

「因為那個是……《灰姑娘的星期日》就像是日記一樣的東西。」

「不是小說嗎？」

「不知不覺就開始了。因為覺得學校很無聊，與朋友的交往也令人窒息，也許只是想把這些東西一吐為快而已。」

「所以才說是日記嗎……」

「是的。剛開始只是寫寫就滿足了。只有在寫成文章的時候，因為埋首寫作，才能忘記平日的不滿。像是學校、朋友，還有家人的事……」

「這樣啊。」

「不過，寫了一陣子之後，又開始覺得不愉快了。因為不管哪一頁都沒有寫到好事，重新讀過就覺得很不舒服。於是，剛開始只是想惡作劇，在日記上寫了謊言。」

「謊言？」

「打扮時髦，到平常幾乎不會去的隔壁城鎮，度過了很快樂的時光。」

「……」

「接著，又在持續交織謊言時，回過神來發現已經不是日記了。隨著時間流逝，謊言的部分反而變得比較多。不過，反正本來就是為了消愁解悶，所以倒也無所謂。」

正如仁所說的。《灰姑娘的星期日》並不是想寫小說而創作出來的作品。是以栞奈的日常生活為基礎，混雜了她的謊言。而那不單純只是謊言。正因為是栞奈的願望，所以才能成為留在讀者心中的作品。雖然就事實來說是謊言，但心情上卻是真實的。

「那個時候，偶然在電視特輯知道了最近有很多的小說新人獎。」

「所以就有了興趣投稿？」

栞奈輕輕以眼神表示肯定。

「我並沒有能得獎或想得獎這種正面積極的動機，只是對於讀了這個的人會有什麼樣的感想覺得有些興趣。因為原本就是日記，所以絕對沒辦法讓周遭的人看。」

「結果就漂亮地得獎了嗎？」

這樣也可稱為才能吧。並不是想做而去做，而是一做就成功了……大概是這種感覺。

「真的很奇怪呢。那個時候覺得寫東西很快樂，明明還能藉由寫作來忘卻煩躁的心情……」

這一點現在完全相反。寫作讓栞奈感到痛苦。

如果做為工作，大概就是會有這樣的一面吧。想做的心情也伴隨著非做不可的義務，這有時也會成為壓力。原本應該是開心的事，卻變得不開心……現在的栞奈正是如此。

「即使妳之前並沒有想成為小說家，現在還是會想繼續寫小說嗎？」

如果沒有興趣也沒有依戀，只是覺得痛苦，應該還是可以選擇不做。不過，現在從栞奈身上感受不到這樣的意思。

「在回答你之前，我可以問你一個問題嗎？」

「什麼？」

「……你該不會已經讀過了吧？」

大概是從空太的態度感覺到了什麼，栞奈一臉狐疑地觀察空太。

「嗯，我讀過了。」

「這、這點應該先說吧！」

聲音聽來慌張又像在生氣。

「要是知道你讀過了，我就不會說那是日記了……」

「以小說而言很有趣啊。」

「你不需要刻意搭腔。」

栞奈一副不高興的樣子，用吸管喝著利樂包茶飲。

「關於剛才的問題……與其說想繼續下去，不如說是我只能繼續下去。」

栞奈身上有種自己主動踏入黑暗的悲愴感。

這麼說來，上週非法入侵空太房間時，她也說了類似的話。

「既然你已經讀過了，那我也沒必要再隱瞞了……就如同書上所寫的，我國中一年級時父母離婚，有一陣子與媽媽兩個人一起生活。不過不到一年，媽媽又再婚，於是有了新的爸爸。」

這確實是空太在書上讀過的故事。

「即使到現在，要稱呼那個人為爸爸還是覺得很奇怪。三個人在一起的時候，因為顧慮彼此，所以家中充滿很僵的氣氛。我受不了，高中才會選擇有宿舍的水高。只要拿到書的版稅，也不會造成家中的負擔，就能盡量避免跟他們扯上關係……因此，至少在我能夠正常就業賺錢之前，必須繼續寫下去。」

空太聽了她的話，老實說並不覺得愉快，也不贊同她選擇的解決方案。因為結果還是什麼也沒能解決。

「也許妳會覺得我多管閒事……」

「那就請不要再說了。」

栞奈斷然拒絕。

即使如此，空太還是一邊動著筷子，一邊把話說到最後。

「我覺得妳應該先好好跟父母談談。」

「你剛剛有聽我說話嗎？還真是多管閒事呢。」

「所以我不是先說了開場白嗎？」

「我已經請你不要再說了。」

「我知道了。那我就不說了。我今天來找妳，是想把這個拿給妳。」

空太想達成原來的目的，從書包裡拿出幾張影印紙遞給栞奈。

「這是什麼？」

栞奈一臉警戒。

「有一位三月剛畢業，現在念大阪藝大的學長。那個人正在學寫劇本，所以請他稍微提供了意見。」

栞奈姑且收下影印紙。上面列印的，是昨天仁寄來的創作故事的基礎整理。

栞奈乖乖看了內容。一張……又一張翻頁。途中忘了吃三明治，偶爾還會發出「這樣啊」這種像是理解了的喃喃自語。

接著大概是看完了，她斜眼瞥了空太。

她的眼神彷彿在說前幾天才剛認識，為什麼要這麼做？

「應該是因為聽了妳的狀況吧？」

空太明明很認真回答，栞奈卻微瞇著眼，露出加強戒心的表情。

「如果要有明確的理由，我想想……因為一想到認識的學妹，而且還是妹妹的朋友，說不定現在正沒穿內褲上課，就覺得有些靜不下來。這樣如何？」

「請說實話。」

「抱歉，其實是非常靜不下來。」

雖然知道這與栞奈想聽的話不一樣，不過空太還是如此回答。

「……」

栞奈的表情看來似乎越來越難理解。

「真是個怪人。不愧是住在櫻花莊的人。」

「這個評價讓人很難接受。我自認在櫻花莊可是普通人代表喔。」

「我覺得當你的標準是櫻花莊的時候，就已經不普通了。」

「……妳這麼說倒也沒錯。咦？所以我很怪嗎？」

不、不，應該不會有這種事。所謂的怪，應該用在真白、美咲還有龍之介那樣的人身上比較正確。

「對不起。」

「不，這不是什麼需要道歉的事啦。」

「不是的……只是覺得我剛才的態度不太好。」

「自己的事情不順利的時候，不會有什麼餘力去顧慮別人的。」

要是失去從容，空太也是如此。神經過敏、緊張兮兮，有時還會遷怒到周遭。這種情況根本就很普通。

相反的，要是對某件事感到很充實，心情就會變輕鬆。現在空太之所以能在栞奈面前這麼穩重，也是因為遊戲製作得很順利。

「你不生氣嗎？」

「倒是覺得搞不好會被妳嫌多管閒事，所以提心吊膽。」

或者該說，從栞奈身上感覺到像是防護罩的東西。

「真是個怪人呢……不過，你這樣幫我無所謂嗎？」

口氣聽起來好像這會對空太造成不利。

「要是能夠寫作，我的壓力就會不見，那個……我就不會在學校做那種事了喔？」

「我被當成變態了嗎？」

「不是這樣的，只是我沒有了弱點，就會變成單方面握有你的弱點。」

「喔喔，妳是指這件事啊。」

也許稱不上無所謂。不過，這大概也不是什麼問題。

「無所謂啦。因為我的弱點也是有有效期限的。」

以現在來看，大概也撐不了太久。因為在真白的畫完成的時候，應該會產生變化……這麼一來，與栞奈就算是扯平了。

「空太。」

這時，背後突然傳來叫喚聲。

「唔喔！」

轉過頭去，發現真白正站在那裡。她的視線，在並肩坐在長椅上的空太與栞奈之間來回了兩次。接著，她就像介入兩人之間一樣坐進中間還有一人份的空間。有些壓迫感。

「這是在幹嘛？好像電車上的座位耶？」

「……」

真白沒有回應，打開帶來的便當盒，默默開始吃了起來。菜色與空太的便當一模一樣。栞奈似乎發現了這一點。

「我可以問一個問題嗎？」

栞奈別有深意的視線，在空太與真白之間來回。

「不可以。」

「兩位是什麼關係？」

「我剛剛說不可以吧？」

「對不起，因為好奇心戰勝了理智。」

「不要泰然自若地扯謊！這樣會成不了像樣的大人！」

「我跟空太是戀人以上朋友未滿。」

回答的人是真白。不過，總覺得哪裡怪怪的。

「真要說的話，應該是朋友以上戀人未滿吧！」

「原來如此，我了解了。」

栞奈自顧自的表示理解。

「是這樣嗎？」

空太正想糾正這個認知時，真白如此問道，因此錯失機會。

「那麼，我這個電燈泡先失陪了。」

栞奈俐落站起身。

「可不可以別這麼貼心地顧慮我們？」

「只是因為我吃完了。」

她把空了的塑膠袋拿給空太看。

「這樣啊。」

「那個……」

「嗯？」

「謝謝你特意拿這個來給我。」

栞奈對空太舉起影印紙。

「我會幫妳向仁學長道謝的。」

栞奈行禮致意後，快步回到校舍去。

「那麼，椎名是來做什麼的？」

「志穗告訴我的。」

「告訴妳什麼？」

「空太在頂樓跟女人見面。」

「喔，難怪我從剛才就一直感覺到視線！」

回過頭去，發現蹲在北側長椅後方的志穗身影。她發出連這裡都聽得到的聲音：「啊，糟了！」慌慌張張逃回校舍去了。

「空太。」

「這次又要說什麼讓我困擾的事？」

「可樂餅，很好吃。」

「這樣啊。不過我的不會給妳。」

「為什麼？」

「因為那是我的啦！」

「我沒有發育也無所謂嗎？」

「以女孩子來說，妳已經發育得很好了吧。」

就身高而言，在平均之上，也比七海高。

「胸部呢？」

「妳剛剛問了什麼很驚人的問題吧？」

「沒有發育也無所謂嗎？」

「啊～～知道了啦，我的可樂餅也給妳吃！只不過，我跟伊織不一樣，並沒有特別重視那裡喔！知道了嗎？妳明白吧？」

「……」

張口吃著可樂餅的真白，當然沒把空太的激辯聽進去，默默動嘴咀嚼，吞下去之後，真白闔上便當盒，突然起身。

「唔喔，幹嘛啊？」

「空太，要走了。」

「妳一臉理所當然的，真是抱歉，不過是要去哪裡！」

「美術教室。」

空太急忙把剩下的便當收進胃袋，就被真白帶到美術教室。真白默默立起畫架，放好畫布，準備畫材。

「這幅畫不利用午休時間就畫不完嗎？」

「不能輸給七海。」

「妳有回答我的問題嗎？」

空太再度提問的時候，真白的所有神經已經集中在畫筆上了。

「不管什麼時候看，都是驚人的爆發力啊……」

不禁令人懷疑，她該不會是有切換開關的按鍵吧。

乖乖擔任模特兒一會兒的空太，過了十五分鐘就受不了，決定試著找真白聊天。

「欸，椎名。」

「……」

沒有回應。

即使如此，空太還是想起了一件想問的事，於是毫不在意問了真白。

「妳大學打算怎麼辦？」

「我不念大學。」

立刻回答。

真白的視線緊盯著畫，握筆的手也沒停下來。

「我要畫漫畫。」

預料中的答案。所以，事到如今空太不感到驚訝，也沒有動搖。只是強烈確實感覺到現在的櫻花莊生活，這一年之後就真的要結束了。

畢業後就會各奔東西，走向各自的道路。真白的一句話，讓原本曖昧的想像，變成了更加確實的東西。

「順便問一下，畢業之後妳打算怎麼生活？」

「畫漫畫。」

「我的問法不太對。妳打算跟誰住在哪裡，讓誰來照顧妳的日常起居？」

畢竟不可能像現在一樣，在櫻花莊裡由空太照顧她。

沒想到，真白卻一副泰然自若的樣子。

「在空太的房間裡。」

「咦？」

「跟空太住在一起。」

「啥？」

「讓空太照顧。」

真白如此宣言。

「給我等一下！」

「不要。」

「不、不，等等、等等，給我等一下！妳要不要仔細想想自己說了什麼？我覺得妳最好先思考一下！年輕男女同住在一個屋簷下，可是不行的吧！」

「現在也一樣啊。」

「櫻花莊是學生宿舍，而且還有青山跟赤坂在吧！不是只有兩個人！況且還有成人的千尋老師在，這個跟那個根本就是兩回事！」

「你不願意嗎？」

「不是願不願意的問題，而是道德倫理的問題啦！因、因為，妳說的那、那個，也就是說，那個……就、就是指同居吧？」

雖然是自己說出口的，空太卻對「同居」這兩個字感到面紅耳赤。忍不住開始想像租房間，與真白兩個人一起生活的未來景象。不知為何，是真白穿著圍裙站在廚房。這絕對不可能。而且這個想像畫面還稍微混了「新婚」這個關鍵字。

「我都說了是同居啦！」

空太立刻對自己的妄想吐槽。

「同居中（註：空太上一句的關西腔吐槽，與「同居中」日文音近）啊。」

「才不是！不要在這時候拿出奇蹟的文字遊戲，我是說真的！」

「討厭跟我住在一起嗎？」

「我、我都說了不是討厭！」

「一直說討厭也是喜歡的意思？」

「更不對！所謂一起生活，應該是男女朋友才會做的事吧！」

空太如此極力主張，真白凝視著他。

「……」

清透的眼眸，不管什麼時候看都很美。

「幹、幹嘛啊？」

空太受不了沉默，催促般如此說道。

「那麼，就成為男女朋友吧？」

「啥？」

一瞬間，感官脫離現實遠去，彷彿聽到異國語言……

「空太跟我……」

「……」

「成為男女朋友吧？」

這個一定就是那個吧。如同平常真白會有的荒唐發言。她會突然說出出乎意料的字眼，倒也不是一天兩天的事。所以，如果就字面上的意思解讀，一定會很慘。空太這麼想著，試圖要她別說蠢話。不過，就在空太開口前，真白便自顧自的開始說明。

「男女朋友要牽手。約會，接吻，然後上床。」

「要、要我跟椎名做這些事嗎！」

「……」

對於空太拚命的回應，真白思考般歪著頭。接著立刻像是想到什麼似的張開嘴巴。從畫布後方露出臉的真白，臉頰逐漸泛紅，似乎現在才察覺到自己不自覺說出口的話中含意……

「椎、椎名？」

空太叫喚她的名字，她就像是動物回到巢穴，迅速隱身在畫布之後，因此看不到她的表情。

「喂，喂，我、我說妳啊！妳、妳明白自、自己說了什麼嗎！」

對於清楚認知的真白害羞的反應，連空太也突然覺得難為情了起來。心跳撲通撲通加快，甚至逐漸變得更劇烈。

「妳、妳、那個……我說妳啊！」

連一句話都沒辦法順利說出口。

真白從畫布後方只露出眼睛觀察空太。不過與空太視線對上時，又立刻縮了回去。

「我、我是開玩笑的。」

她以幾乎要消失的聲音如此說著。真白很罕見地結巴，說不定這還是第一次。她的聲音明顯帶著動搖。

因為畫布擋著，沒辦法看到真白現在的表情。即使真的看到了，已經凍結的空太腦袋，大概也沒辦法思考什麼了吧。

之後，一直到鈴聲響起之前，兩人之間都沒有對話，只飄盪著讓人心神不寧的氣氛。

3

黃金週前三天期間，空太白天在學校上課，放學後在美術教室擔任真白的模特兒，回家埋首於遊戲製作，時間很快就過去了。

自從說要約會之後，七海就不太要求空太陪她練習。所以到了約定好的當日早上，空太對於是否真的要去遊樂園感到有些不安。在飯廳吃早餐時遇到了七海。

「那麼，三點在車站見了。」

七海這麼說道。果然還是要約會啊——空太莫名理解了。

約定的時間之所以那麼晚，是因為七海從早上到過中午的時間還要在一直持續到現在的冰淇淋店打工。約會就在她下班之後。

出門前，空太盡可能把時間花在調整遊戲平衡上。想加上去的設計，已經在昨天早上完成了。一啟動遊戲，就會先出現主畫面，然後可以選擇「一個人玩」或「兩個人玩」。選擇「一個人玩」的話，就會與敵方CPU開始戰鬥。一直到其中一方的能量歸零，就會出現勝負判定，接著再回到主畫面。基本的流程已經完成。

如果選擇「兩個人玩」，畫面就會垂直分割成兩邊，兩邊都是由人操作對戰。昨晚，空太跟闖進房間的美咲玩了很久，已經大致抓到手感。雖然自己是開發者，卻一次也沒贏過美咲……

「為什麼美咲學姊第一次玩卻那麼厲害啊！」

「學弟根本還沒了解這個遊戲的訣竅吧！」

「明明是我做的耶！」

就是這樣的慘況。

從今天早上開始，為了增加遊戲的有趣度，調整並觀察射擊性能以及角色的移動速度。最麻煩的還是敵方CPU的強度調整。關於這一點，老實說真不知道該在哪裡結束才好。太弱的話不過癮，太強則只會累積壓力。

持續做這些事直到時間差不多了，空太換好衣服走出櫻花莊。這個時候，並沒遇到任何人。伊織說要去學校鋼琴練習教室，所以比空太還早就出門了，龍之介則根本沒有要從房間走出來的氣息。真白也一樣，大概是在專注畫漫畫，二樓一點聲音也沒有。

轉搭電車約一個小時。空太抵達離海邊頗近的集合地點車站。

不愧是黃金週的第一天，各景點都是人潮。

即使下了電車還是沒辦法順暢行走。空太緊接在前面的人之後，放入車票，好不容易才穿過剪票口。

接著立刻與已經到了的七海視線對上。她站在約十公尺前的柱子旁。在人群之中，空太不可思議地能明確認出七海的身影。

輕輕微笑的七海，向逐漸靠近的空太揮了揮手，不過又馬上東張西望起來，開始在意周遭。可能是忍不住對揮手的自己感到很難為情。

「抱歉，妳等很久了嗎？」

「沒有，你看看時間。」

七海指著垂吊在天花板的車站時鐘。離約定時間還有五分鐘。

「沒想到神田同學很規矩呢。」

七海開心地笑著，上身是淡黃色的長袖襯衫，下面是丹寧短裙，穿著黑色的內搭褲，腳上是方便行動的運動鞋。很有女孩子味道的小皮包從肩上斜背下來，讓人忍不住在意起最近似乎不斷成長的胸部曲線。空太留意著不要太露骨地看過去。髮型則是平常的馬尾。

七海似乎察覺到空太往上的視線。

「如果要坐雲霄飛車，頭髮不綁起來就麻煩了。」

接著又可愛老實地問道：

「放下來比較好嗎？」

「只是因為現在還有聖誕夜的印象，才會不自覺看著。現在這樣當然也很好。」

「你還記得那天的事啊。」

「妳是穿著紅色的外套，還有輕飄飄的裙子吧？」

記得她當時身穿編織毛衣，腳上踩著靴子。

今天是四月二十九日，那已經是四個月前的事了。

空太突然想起了一件重要的事。

「話說回來，那天我是不是跟青山做了約定？」

「你連這個都還記得啊。」

「剛剛才想起來的。」

——二月的甄選結束後，有話想對你說。

雖然已經忘了正確的說法，不過應該是這樣。

因為在那之後，櫻花莊拆除問題浮上檯面，美咲與仁的畢業典禮逐漸逼近，還有就是沒能通過重要的甄選，重大的事情全重疊在一起，所以約定的事變得有些曖昧不清。當時並不是能沉著談話的狀況。

「那麼，這次的甄選結束之後，我再告訴你吧。」

「我知道了。」

「請先做好心理準備。」

七海有些故意地如此說著。

「啊，好了，我們走吧！玩的時間快不夠了。」

空太與腳步輕快的七海並肩，跨步走了出去，心情自然輕鬆了起來。

「不知道是運氣太好，還是運氣太差……」

三十分鐘後，空太與七海坐在雲霄飛車的最前排座位上。

為什麼會這樣呢？理由很簡單。

因為一到遊樂園，空太問道：

「要先玩什麼？」

「那個。」

七海簡短地回答。

理由也是相當單純。因為美咲好評製作中的動畫，劇本就是如此。

隨著倒數的聲音喀噹喀噹響起，雲霄飛車也沿著路線逐漸向上爬。

這段悠閒的期間對心臟最不好。因為明知道到了頂端就會往下掉、轉彎、迴轉，把自己搞得很淒慘，卻也沒辦法逃離。

只覺得它是一點一滴把人心逼到絕境的惡魔機器。

「神田同學，你的表情好僵硬。」

「青山也是啊。」

「你一定是害怕了吧。」

「青山才是。」

「『既然如此，來一決勝負吧。』」

七海交錯著劇本台詞。

「『我接受。』」

空太也跟著搭腔。

「『先發出尖叫聲的人就輸囉。』」

「『輸的人就請吃冰淇淋吧。』」

「『那麼，就乾脆果斷……』」

「『一決勝負吧。』」

這時，雲霄飛車抵達頂端。

一瞬間的寂靜，劇烈的心跳。緊張感來到最高峰。

之後，雲霄飛車再度動了起來。跟在由跨下往上直竄的飄浮感之後，是抑制不住的恐懼。到這裡為止雖然角度還不太大，不過對於坐在最前排的空太而言，就跟突然頭朝下往下墜沒兩樣。

「嗚哇啊啊啊啊～～！」

「呀啊啊啊啊啊～～！」

兩人同時發出劇本上寫的慘叫聲。簡直就是逼真的演技。

「啊～～暈了……」

被雲霄飛車玩弄一番的空太，癱軟在園區內的長椅上。

「真是的～～沒必要照著劇本走到這種程度吧。」

七海在旁邊一副受不了的樣子。

在動畫裡，因為準備考試而睡眠不足的男孩子，搭了雲霄飛車後頭昏眼花。

「雖然我很感謝你還顧慮到我的練習。」

「我這不是在演戲。」

「人家都已經這麼說了，你怎麼還可以拒絕？」

強忍著害臊的七海表情，完全擊潰空太的理性。她惹人憐愛的姿態，實在叫人全身發癢得受不了。

「妳那根本就犯規吧……」

空太短時間之內大概沒辦法把心情調整回來。

「什、什麼？」

「實在是搔癢得讓人受不了。」

「好、好啦，快一點……」

「真、真的可以嗎？」

「讓人覺得更害羞了啦。神田同學，別再逗人家了。」

「喔、喔，我知道了。」

空太忍不住嚥了嚥口水。

緩緩把頭放在七海穿著內搭褲的大腿上。

一瞬間，七海全身顫抖了一下。不過，空太沒有餘力指出這一點。

「剛、剛剛那不是在發抖喔。」

七海自顧自的辯解。

「……」

「……」

因為無法對上視線，兩人之間有種坐立不安的氣氛。

「那、那個……神田同學，怎麼樣？」

「什、什麼怎麼樣？」

「感想之類的……」

「比想像中的來得硬……吧？」

空太老實說完，滿臉通紅的七海揮下雙手。

「哇～～等一下！我現在防禦力很低啦！」

「誰叫神田同學要講奇怪的話！」

生氣的七海把臉別開。不過，多虧這段對話，七海大概放鬆了力氣，後腦杓的感覺變溫柔了。腦袋受到重力吸引微微往下沉，透過內搭褲傳來七海的體溫，讓人安心。完全是剛才的長椅椅背所無法比擬的。

「啊～～」

空太忍不住發出奇怪的聲音。大概只有泡澡時才會發出這種聲音吧。

「這次又是怎樣？」

七海還是很生氣的樣子。

「不、不，沒什麼。」

「要我再揍你一次嗎？」

「請別這樣……我說了之後，妳可不要生氣喔？」

「只要神田同學不要講些沒禮貌的話，我就不會生氣啊。」

「該怎麼說呢，這不太妙。」

「怎麼說？」

「青山的大腿……實在太舒服了。」

明明只是直率地稱讚而已，迎面而來的卻是七海的拳頭。

「神、神田同學，你在說什麼啊！」

「哇！住手！妳下手也輕點嘛！」

感覺到自身危險的空太，迅速抓住七海的手。結果，中途七海就恢復冷靜，害羞地垂下視線，臉頰染上了朱紅色。

「對、對不起，我不該揍你的。」

額頭微妙地抽痛著。

「就當作這個痛是值得的吧。」

「不、不要講這種話啦！好害羞……」

「是青山先問我的吧。」

「嗯，話是這麼說沒錯啦。」

七海大概是不知道手該放哪裡，鬆開了馬尾。

「幹嘛？」

空太一直盯著她，她便如此問道。

「只是覺得像這樣從下面看青山的感覺還真是新鮮。」

不可思議地看起來感覺完全不一樣。說不定是因為她現在把頭髮放下來了吧。

「不要看我的鼻孔喔？」

七海用拿著橡皮筋的手遮住了鼻子。

「女孩子真的是很厲害呢。」

「你突然在說什麼？」

七海沒有綁馬尾，而是在脖子後方用橡皮筋綁住頭髮，讓頭髮由肩膀垂放到前面來。頭髮在空太視野裡搖晃，是個就算不是貓也會想伸手觸摸的景象。

「只是服裝與髮型不同，看起來就完全不一樣。」

現在的七海，看起來就像個沉著穩重的大姊姊。

「沒想到神田同學會講出這種話。該不會是還在暈，所以腦袋也昏了？」

「說不定是這樣呢。」

自己也懷疑自己在說些什麼。那是平常絕對不會說出口的話。

空太繼續望著七海隨著呼吸搖曳的髮梢。

「你想摸嗎？」

七海如此問道。

「很有興趣。」

空太決定試著老實地回答。

「那麼，才不讓你摸。」

「什麼跟什麼啊？」

「因為不想被拿來跟真白柔順的頭髮做比較。」

「……」

冒出了沒有意識到的名字，空太的心臟猛烈跳了一下。

「你剛剛心跳加速了吧。」

看來七海也感覺到了。

「你不問『為什麼會出現椎名的名字』嗎？」

「看來我似乎太小看青山了。」

空太毫不敷衍地看著她的眼睛。不用問也知道理由。

「……」

這次輪到七海語塞了。

「明知道這一點，神田同學今天還陪我出來啊。」

她帶著試探般的口氣，不過視線卻有些微的落寞。

「因為還有不知道的事……」

包含自己、真白，還有七海的事……

「況且，我是真的希望青山能實現夢想。所以只要是我能幫上忙的地方，我都願意做。」

「被你這麼一說，我也不能老是這麼靜不下來呢。」

這個話題到此結束。現在只談到這裡。

「接下來要做什麼？」

空太轉換心情，刻意開朗地問道。

「神田同學不能玩太激烈的東西吧？」

「再等一下就會復活了。」

「再玩別的遊樂設施弄得自己頭昏眼花，然後讓我貢獻出大腿。你在打這樣的主意嗎？你這麼中意啊？」

七海惡作劇般笑了。

「才、才不是！」

「嘴上這麼說，看你倒是不太想起來的樣子呢？」

這麼舒服的感覺，確實讓人難以停下來。

不過，空太也有自尊。

下定決心，奮力起身。

已經感覺舒服多了。

「好，走吧。接下來是哪個？」

「那個吧？」

七海消極地用手指著的地方，是一棟散發毛骨悚然氣氛的西式建築物。也就是所謂的鬼屋。

兩人在入口等了約十分鐘。

接著被帶到進場的櫃台。

「請問要哪一種恐怖等級呢？」

櫃台的大姊姊以完全無視周遭氣氛的職業笑容如此問道。這種落差也是賣點嗎？

等級共有三種。

大概是因為有許多家庭會來玩，所以才設計成可以選擇。

「神田同學選就可以了。」

「青山，妳對這種很在行嗎？」

「倒是不會特別害怕。」

真是如此嗎？有點令人捉摸不清的反應。

「要是神田同學會怕，選一顆星的也可以。」

設計上是星星越多就越可怕。

老實說，並不常到鬼屋……或者該說，根本想不起來最後一次去鬼屋是什麼時候，所以空太也搞不清楚自己究竟會不會怕。

「那麼，請給我們最可怕的。」

搭乘雲霄飛車時搞得頭昏眼花而失態了。空太想在這裡洗刷污名，挽回名譽。

「好的，我明白了～～！兩位一共是一千圓。」

兩人各自拿出五百圓，完成手續。

「那麼，請兩位趕快進去吧。」

旁邊的門伴隨著沉重的聲音自動打開了。

兩人並肩走了進去。

接著，背後的門立刻關上。

「嗚喔！」

「啊！」

兩人立刻就被聲音嚇到。

眼前等著空太與七海的，是漆黑的道路。

「那麼，我們走吧。」

「嗯、嗯。」

大約走了三步左右，空太感覺有東西抓住了自己的手肘。是七海。

「青山小姐？」

「我、我不是害怕啦，只、只是，要是有什麼東西突然跑出來，會嚇一大跳吧？」

「那不就是會害怕……」

話都還沒說完的這個時候，七海背後的燈突然亮了。全身傷痕累累的男性出現在視野當中，空太內心瞬間染上恐懼的顏色。

「哇啊啊啊！」

嚇了空太之後，燈立刻就熄滅了，傷痕累累的男性消失在黑暗當中。

「神田同學，你太誇張了。」

「剛、剛才就在妳後面啦！」

七海回頭看著空太手指著的地方。不過那邊已經沒有任何人。

「要不要我牽你的手？」

七海調侃般如此說著的瞬間，這回傷痕累累的男性在黑暗之中從旁邊突然出現。

「嗚哇啊啊啊啊～～！」

「呀啊啊啊啊啊～～！」

接著，很快又隱藏了身影。

「……」

「……」

兩人同時警戒周遭。至少剛才的傢伙沒有要再出現的氣息。

「欸，青山。」

「什麼事？神田同學。」

「我們牽手吧。」

「嗯、嗯。」

在這之後，兩人不斷發出尖叫聲，終於抵達出口。總覺得自己快死了。

「這種地方的鬼屋，還真是很恐怖啊。」

「嗯……真是上了一課呢。」

兩人的手一直到最後都還緊緊握著。

離開西洋式鬼屋的空太與七海，以緩慢的步調在遊樂園內往巨大摩天輪的方向走去。

太陽已經完全下山，各個遊樂設施也點上色彩鮮豔的照明。摩天輪的燈飾十分漂亮。

「是那個吧？」

通往巨大摩天輪的主要通道上，有各式各樣的吉祥物角色。後面的看板上寫著「可愛吉祥物活動進行中」。

似乎是能以摩天輪為背景，與喜歡的可愛吉祥物拍紀念照。

有兩隻以熊為造型的角色，向在遠處觀望的空太與七海靠了過來。其中一隻頭上還綁了緞帶，大概是母的吧。

兩隻熊比手畫腳拚命行銷自己。

「是要幫我們拍照的意思嗎？」

兩隻熊點點頭。不過，實際上腰身是彎的，所以看起來像是在鞠躬行禮……

「青山居然知道他們在說什麼啊。」

正這麼說的時候，兩隻熊擺出接吻的樣子。原本只是茫然看著的空太與七海，發現對面有一邊接吻一邊拍照的情侶檔，而且熊還擺出「來吧」的手勢，讓兩人突然陷入慌亂。

「不，我們不是情侶！」

「我、我們不是情侶檔啦！」

這時，兩隻熊用手摀住嘴，做出「別害羞了～～」的反應。公熊還用手指著空太與七海緊緊握著的手，挖苦兩人。

兩人同時放開手。接著揮著雙手，再度解釋不是那樣。

大概是覺得不能勉強，兩隻熊終於放棄。只是在離開之前，公熊別有深意地拍拍空太的肩。

「他好像要我多加油。是我想太多了嗎？」

轉過頭來的公熊，手指著眼前的摩天輪，接著朝向空太豎起拇指……因為熊的手幾乎是圓的，所以細節的部分就不太清楚了。

「我們確實是要搭摩天輪。」

就是為了這件事，才往這個方向走來。

「好像是在那邊排隊。」

不愧是重點設施摩天輪，排了不少人。看了一下看板，上面寫著等待時間為十五分鐘。

由下往上看更顯出它的巨大。不斷改變顏色的燈飾，彷彿眼前綻開超大煙火。

「好棒喔。」

「是啊。」

大多數的情侶大概都是一邊這樣聊著一邊等待。

排隊的行列隨著時間順利前進，再三組就輪到空太與七海了。

「啊～～好可惜！」

前面的大學生情侶檔的女性，似乎正在懊惱什麼。

「太好了。」

七海在空太的身旁小聲說道。

女性工作人員把前面的情侶檔送入摩天輪車廂裡。

終於輪到空太與七海了。

「恭喜兩位。是幸福的車廂喔。」

工作人員溫和地如此說著。

來到眼前的是紫色的車廂。雖然紅、藍、黃色的車廂大約各有十個，不過紫色的卻只看到這麼一個。

「請進車廂裡吧。」

七海先進去，接著空太也跟著進去。門由外側緊緊關上。

可能因為正在移動，有種腳步浮在空中的感覺。

空太與七海面對面坐著。

上面寫著限制人數是八人，車廂內相當空曠。如果只有兩個人，幾乎要讓人在意起旁邊空曠的空間了。

高度一點一點往上爬。轉一圈似乎是十五分鐘，所以要到最高的位置還有一段時間。

「所謂幸福的車廂……據說情侶檔搭乘的話，就能獲得幸福。」

在空太提問前，因為兩人視線對上，七海便做了說明。

「這樣啊。」

「因為是六十分之一的機率，所以很難得呢。」

「說得也是。」

「我最近搞不好還滿走運的……只要是跟神田同學有關的事。」

「我？」

「我們又是同班吧。」

「是啊。」

「而且，座位又在隔壁。」

「然後今天又是幸福車廂嗎？」

「嗯。」

在聊天的過程中，原本從六點鐘方向開始轉動的車廂，已經來到九點的位置。

夜景變得好壯觀。無論是附近的飯店、辦公大樓，還有街燈與遊樂園的燈飾也包含在內，把街道點綴得美麗動人，就像是一幅畫，展開在視野的每個角落。

「原本就想應該會很漂亮了，沒想到比想像中的還棒……」

貼在玻璃上的七海，發出讚嘆的聲音。

「是啊，確實是很漂亮沒錯，不過……」

沒錯，的確是很美麗的夜景。雖然這麼覺得，不過還有個問題。

「這個高度也超乎想像，還滿可怕的耶！」

正因為看遠方的視野很棒，所以直視下方時，就覺得跨下實在是輕飄飄的。

「雖然我也這麼覺得，不過氣氛正好，你就忍耐一下吧。」

七海發出受不了又像是鬧彆扭的聲音，微微鼓著臉頰。

空太覺得對她真是不好意思。

「我是第一次搭摩天輪啦。跟想像中的有點不太一樣……」

原以為是優雅美麗，與恐怖字眼無緣的設施，沒想到完全不是這麼一回事。不但沒辦法中途下車，再加上停在空中的時間很長，說不定對有些人來說，比刺激的設施還要可怕……

高度持續往上。

以時鐘來說，大概是剛過十點鐘的位置吧。

「『我可以坐你的旁邊嗎？』」

不待空太回應，七海就站起身。車廂稍微搖晃了一下。

七海小心翼翼地來到旁邊，在正好緊貼空太肩膀的位置，坐在空太旁邊。

空太又開始唸起台詞。

「『我沒有答應吧。』」

「『仔細想想，根本沒有問你的必要。』」

「『為什麼啊？』」

「『因為男朋友隔壁的座位，本來就是屬於女朋友的。』」

「『這麼說也是。』」

雖然對兩人而言太過寬敞，不過在仍算狹窄的車廂裡，空太與七海的聲音一來一往。

被演戲的氣氛感染，空太逐漸搞不清楚與現實的分界線。

貼身感受把體重放到空太肩上的七海。雖然腦袋很清楚剛才的對話只是練習，空太卻沒辦法切割這只是扮演角色而輕鬆聽進七海說的話。就神田空太本人而言，是把這些話聽進心裡了。

「『欸，來接吻吧。』」

所以，對於在耳邊呢喃的這句台詞，空太打從內心動搖了起來。腦袋沸騰，身體發熱。接下來應該輪到空太唸台詞，不過，原本應該存在於腦中的台詞，卻變得一片空白。

「哇，抱歉，先暫停一下！」

「神田同學？」

「很抱歉……剛才這個……」

空太正想說不太妙的時候，與坐在隔壁的七海視線對上了。

「你該不會是當真了吧？」

「妳、妳說什麼蠢話啊？」

「你的視線飄來飄去喔。」

不知道該看哪裡。就算看著美麗得不得了的夜景，現在卻完全不感到動心。

「沒、沒事啦。因為之後就是接吻場景的台詞，所以有點不好意思。」

如果不當作是這樣，總覺得會沒辦法收拾。

空太嘗試著深呼吸，大口吸氣。

在吐氣之前，七海又說了一次同樣的台詞。

「欸，來接吻吧。」

不像是在演戲。

七海以七海的方式說著。

空太這麼覺得。

雖然試圖說是開玩笑而一笑置之，卻無法立刻辦到。

因為七海凝視著空太的眼神是認真的。

聲音似乎從周圍消逝而去。

只聽到自己的心跳聲。

不，還有一個聲音。好像也聽到了七海的心跳聲。

七海的眼眸帶著些微濕潤，把臉稍微靠了過來。

「青、青山，冷靜點！就算是為了練習，這樣也做得太過頭了！」

猛然回過神來，空太已經抓住七海的肩膀保持距離，同時把臉轉開。繼續看著七海的臉就不妙了，似乎會被她的眼眸吸進去。還是看看夜景，冷靜一下吧。空太如此告訴自己，不過並沒有意識自己正在看什麼，內心仍激烈動搖。

「對不起，神田同學。我做得有點太過分了。」

七海發出開朗的聲音，彷彿在說只是在開玩笑。

「真是的，剛剛那個一點都不好笑喔……」

空太與七海已經明白彼此的感情，沒有辦法當作朋友間的惡作劇就算了。

「對不起啦，我向你道歉。你轉過來嘛。」

雖然空太還在看著車廂外，不過心跳終於稍微平復了。他抱怨著轉向七海。

「我說青山妳根本就……！」

不過，話只說到一半。

有個柔軟的東西，堵住了空太的嘴。

是七海的雙唇。

眼前是溫柔地閉著雙眼的七海臉孔。

手緊緊抓著空太的胸前。

應該只有短短五、六秒的時間。不過，就體感而言卻覺得更漫長，至少凍結了一分鐘左右。

不知不覺，摩天輪的車廂已經通過十二點鐘的位置。

七海放在空太胸前的手使力，觸感逐漸遠離。

「才不會因為開玩笑而做這種事。就算是台詞練習，也不會這麼做……」

七海留下微弱的聲音，往對面的座位移動。

「……」

「……」

彼此都忘了要呼吸。如此寂靜。

首先打破靜默的人是七海。

「神田同學。」

已經恢復成關東腔了。

「……」

「我已經決定了，甄選告一段落，就要離開櫻花莊。」

「咦？」

對於完全沒能整理好情緒的空太，又是一記雪上加霜。

「之前赤坂同學不是說過嗎？櫻花莊並不是想待就可以待的地方。可是，我卻『想繼續待下去』。因為察覺到這份心情，所以我非離開不可。該怎麼說呢？櫻花莊對我而言，已經變成覺得舒服而想賴著撒嬌的地方了。」

「……」

「我已經跟老師說過了。為了確實往前跨出一步，我決定離開櫻花莊。」

「……」

「所以我待在櫻花莊的時間已經所剩不多了。」

被遺棄在驚愕之中的空太視野裡，映著看著夜景喃喃說著「真的好漂亮」的七海側臉。只是映著她的側臉。

第四章 他與她與她的情感

1

第一次與七海交談，是在距今兩年前……剛進水高的四月中旬的時候。

「神田同學。」

還記得明明是已經聽慣的自己的名字，空太卻對於不常聽到的腔調發愣。

「怎麼了？」

雖然常聽到電視上搞笑藝人說出口，不過倒是有生以來第一次聽到普通人說普通的關西腔，所以有些莫名的不協調感。

「呃……」

「我是同班的青山七海。」

「喔喔，青山同學啊，我知道，我知道。」

即使這麼敷衍說道，卻瞞不過七海。

「你那是根本不記得的反應吧。」

那個時候，為了值日日誌的問題有過短暫的交談，並沒有較長的對話，也不是感情特別好。

之後又有交集已經是又過了兩個月之後，介於春夏之間的時節。

當時空太在水高校門口撿到了被丟棄的白貓小光。他抱起整個紙箱，正打算回一般宿舍時被叫住了。

「神田同學。」

這個時候，七海已經是一口關東腔了。

「呃……青森同學？」

「那是在本州的最北端。我是跟你同班的青山七海。」

「沒錯，是青山。」

「沒想到你還沒記起來。」

「不，我已經記得了，只是名字想不出來。」

「我想那就叫做不記得吧？」

「我這次一定會記得的。」

七海的視線朝向紙箱。

「你打算把那隻貓帶回宿舍嗎？」

「是啊。」

「可是啊……宿舍禁止養寵物喔。」

「說得也是。這是個問題。」

「女舍監會發火喔。」

「如果光是這樣就能解決，那倒還好。」

「不，一點也不好吧……」

在回一般宿舍的路上，空太也與七海聊了許多有關貓的話題。

「你的室友是會幫你保密的人嗎？」

「是同班的宮原，所以沒問題吧。」

「你還真是樂觀啊。」

「那個傢伙應該喜歡貓。」

「如果他喜歡的是狗，你打算怎麼辦？」

「只能請他叛變成貓派囉。」

「這部分都沒好好考慮過，你竟然想就這樣帶回去啊。」

「因為很可憐啊。」

記得七海當時露出既驚訝又受不了的表情。

「唉……總之，你要不要先繞到後門？前門有女舍監在，要是被發現就慘了吧。」

「這真是個好主意。」

「任誰都想得到吧……」

因為房間就在一樓，所以這一天空太像小偷一樣從窗戶爬回去。

這件事成了契機，之後空太因為照顧貓咪，而與七海有了更多的交談。連同寢室的宮原大地也被扯了進來……

「名字決定了嗎？」

「叫小光。」

「聽起來很像神田初戀對象的名字喔。」

「竟然拿來幫貓咪取名字……太難看了喔，神田同學。」

「不是啦！宮原不要亂講一些有的沒的！是新幹線的列車『光』啦！」

「如果是這樣，也讓人覺得……」

「咦？不行嗎？」

直到被學校發現為止，小光是只屬於空太、七海與大地的祕密。

在放學回宿舍的路上，也與七海有過這樣的對話。

「神田同學，你是屬於回家社吧？原以為你會是運動社團。」

「大概是因為我國中都在踢足球吧。」

「為什麼不繼續呢？」

「呃，嗯，就是有點狀況……倒不是因為受傷之類的就是了。」

「喔～～……不想說的話就算了。」

「青山也是回家社嗎？」

「嗯。」

「我記得妳說過每天都很晚回去，那個又是為什麼？」

七海就連剛放完假的星期一，也會一大早就開始打呵欠。

「因為我在打工。」

「啊，這樣啊。不過，每天都要打工嗎？」

「這個部分，就是有點狀況。」

七海一開始迴避著這個問題，過了一陣子，就把自己以聲優為目標而在訓練班上課，還有被爸爸反對，幾乎是離家出走的事告訴空太。

「我在訓練班上課的事，不可以告訴別人喔？」

「為什麼？」

「現在已經不流行擁有目標而努力這種事了吧。」

「這樣嗎？我可是覺得很羨慕喔。我當初就是想尋找會想認真地……該說是目標吧，才會放棄足球。」

「……謝謝你。」

「謝什麼？」

「不懂也無所謂。」

「可是我不覺得無所謂耶？」

因為照顧小光而與七海有這樣的交流，一直持續到空太被流放到櫻花莊前的第一學期為止。

這時，空太的回想也中斷了。

綿延不絕的薄雲覆蓋整個天空。早上的氣象報導說，今天傍晚會開始下雨。

四月的月曆被翻過去，現在已經來到五月二日。

黃金週結束後的星期一。

空太經過碎碎唸著要是今天也休假就好了的同學身邊，一到午休時間就一個人來到頂樓。

現在正閒躺在長椅上。

整個腦袋裡只有一件事。

從遊樂園的約會以來，只能想著七海的事。不管是在吃早餐時，還是在上廁所時，還有泡澡、上學、上課時也是，回過神的時候，就發覺自己正在搜尋記憶的櫃子，尋找七海的身影。

發生了那樣的事，這也難怪。

想要不去意識到，是不可能的事。

七海並沒有特別明顯的變化。今天早上也一如往常在飯廳碰到面。

「啊，早啊，神田同學。」

還如此神清氣爽地打招呼。

即使在課堂中不經意對上視線，會慌張別開的人也只有空太。

「你沒事吧？看你好像一直在發呆。」

甚至還被這樣關心了。

彷彿什麼都沒發生過的七海態度，更加深了空太的困惑。

話雖如此，空太也完全不認為那次約會是一場夢，絲毫不覺得那個吻是幻覺。

因為，比任何事實或狀況都更有實感的確切感覺，現在也還牢牢留在嘴唇上……成為絕不會褪色的記憶刻劃在心中。不可能認為那是夢境或幻覺。

也不會懷疑那是什麼。

答案的選項只有一個。二選一的問題，除此之外不做他想。

——那麼，這次的甄選結束之後，我再告訴你吧。

那一天，重新承諾的約定。至於具體的內容，空太現在大概想像得到。決定性的事件太多，還能悠哉認為是自己多心的時期，老早就過去了。

接著，約定的日期，也就是七海的甄選，即將在明天舉行。

所以忍不住會想。撇開其他所有事，就是會忍不住只想著七海的事。

空太內心百感交集。令人懷念的初次相遇；一起照顧小光時天真的快樂；包含大地在內，每天都對三人共有的祕密心跳不已。空太來到櫻花莊之後，雖然交集變少了，不過因為同班，偶爾還是會聊天。

「小光還好嗎？」

「嗯，牠過得很好。」

雖然只是一些無關緊要的對話，但不可思議的都能回想起來。

升上二年級也同班，夏天時就連七海也搬到櫻花莊來了。近距離看著她認真的模樣，自然而然就想為她的夢想加油，衷心期望她的努力能獲得回報。

決定能否隸屬事務所的甄選落選一事，現在也記憶猶新。光是回想起來，空太內心便隱隱作痛。那天七海哭泣的表情，空太大概一輩子也忘不了。所謂的不甘心，就是指那樣的狀況。

其他像是去年聖誕夜一起出門；過年在空太老家度過；情人節收到巧克力的事——一件件在腦海裡回想。

就這樣，在許多回憶與情感之後，最後在空太心中留下的，是幾乎每次都險勝的快樂。

所以空太對於現在所處的狀況，一點也不覺得有窒息的感覺。想著七海的事，內心便一點點被填滿。空太現在就是這樣的心境。

因為不想被別人看到自己正在思考的表情，空太用一隻手臂遮住眼睛。

就這樣過了一陣子，有某人的腳步逐漸接近，正好就在空太腦袋的後方停了下來。

是真白嗎？還是七海呢？

「你沒有朋友嗎？」

兩者都不是。

空太睜開眼睛，看到栞奈上下顛倒的臉。她正透過眼鏡鏡片往下看著空太。

「要不要我陪你吃便當？」

「我今天想一個人獨處。」

七海所在的教室，有點待不下去。

「有什麼煩惱嗎？」

「應該說是在思考吧。」

並沒有特別在煩惱什麼。

「煩惱未來升學嗎？」

「已經三年級了啊。這點的確有。」

「還是今天晚餐的菜色之類的？」

「櫻花莊要自己做菜啊。這點也有。」

「貓咪的事之類的？」

「很可愛喔。」

「還有就是……三角關係之類的？」

「……」

「真是個老實又好懂的人啊。」

「謝謝妳的誇獎。」

「我是在諷刺你。」

這種事當然很清楚。不過，並不特意說出來，因為栞奈也明白空太很清楚。

「先不管這個，栞奈學妹。」

「什麼事？」

「不要站得太近喔，會看到內褲。」

現在只差一點就要看到，正好在大腿的敏感位置。不過，這樣已經是十分刺激的畫面了……

「沒問題。因為我現在沒有穿。」

「原來如此，這麼一來確實是不會看到內褲呢……不對，喂！」

「開玩笑的，我有確實穿好。如果覺得我在騙你，要不要確認看看？」

「那麼，請務必讓我確認。」

對於栞奈的回應，空太也開玩笑地回嘴。

「我早就料到這種事，還好今天穿了最喜歡的過來了。空太學長，來吧。」

「……」

對於栞奈說的話，總覺得哪裡怪怪的。

「請不要那麼認真思考好嗎？剛才也是開玩笑的。」

「不，不是那個……妳剛剛叫我『空太學長』吧？」

「沒辦法啊。要是稱呼『神田』，就會跟你的妹妹搞混。」

「我覺得妳直接稱呼優子的名字就好了。」

「既然已經固定稱呼『神田同學』了，要是現在再改稱呼，對我來說是種壓力。」

「算了，倒也無所謂。妳找我有什麼事嗎？」

要說是因為剛好看到空太而過來攀談……實在難以想像。

「因為想過來調侃一下學長。」

「那麼，妳已經調侃夠了吧。」

「開玩笑的。」

雖然有些後知後覺，也許是心理作用，總覺得栞奈的表情比平常柔和許多。光是從會挖苦空太這一點看來，就覺得她的心情似乎很不錯。會像這樣開玩笑，好像也是第一次。也許是發生了什麼好事。

「我提出的劇情架構，已經獲得責任編輯認可，可以繼續進行了。」

「原來如此，是這麼回事啊。」

「什麼東西原來如此？」

「因為覺得妳的表情很不錯。」

「實在是很噁心，請你不要講這種話。」

「……抱歉，在妳心情正好的時候潑妳冷水。」

「我剛剛也是在開玩笑的，請不要當真。」

「開玩笑就要讓人容易辨別是在開玩笑……不過，這樣啊，有進展就再好不過了。」

「那個……謝謝你。」

栞奈的聲音稍微變小。

「謝什麼？」

「多虧那個筆記。」

「我會幫妳向仁學長道謝的。」

「我是在向空太學長道謝。」

「我確實收到了。這麼一來，就不會有壓力了吧。」

「是的。我想，也不會再與空太學長見面了。」

「好歹會在走廊上偶然擦身而過吧！」

栞奈嘴角微微笑了。看來空太似乎又被戲弄了。原來只要心境上變得輕鬆，栞奈也會像這樣露出笑容。

「真的遇到的話，我會跟你打聲招呼的。」

「那真是我的榮幸。」

「那麼，我先告辭了。」

「嗯，要是又有什麼困難就告訴我吧。雖然不保證一定能幫上忙，但至少可以聽妳聊聊。」

這時，栞奈直盯著空太的臉瞧，並且陷入思考。

「幹嘛？」

「空太學長，你該不會是喜歡我吧？」

栞奈皺著眉頭如此提問。

「對妹妹的朋友親切，就做哥哥的來說是理所當然的吧！」

「這時候稍微害羞一下才是禮貌。」

栞奈像是自言自語般這麼說了。

「這次真的先告辭了。」

接著說完這句話便離開頂樓。

一個人留下來的空太再度望著天空。

「劇情結構通過了啊……真是太好了。」

要是事情不偶爾和平解決，身體真的會受不了。

「真的是太好了。」

空太閉上眼睛，只是重複深呼吸。大約過了三分鐘，手機響了。

收到了簡訊。

主旨寫著「空太」。寄件人是真白。

打開一看，上面寫著……

——跟七海吵架了嗎？

一瞬間心跳加速。不過，也只是這樣而已。

——沒有。

空太回以簡短的文章。

——那麼，就是相反囉。

這次則是心臟猛烈跳動。

「相反是指什麼啊……」

與口中說出來的心情正好相反，空太已經理解了簡訊的意思。

正因如此，既沒辦法否認，也不能假裝不知情，反問相反是指什麼。要是做了這種事，就是自己招惹麻煩。

——是啊。

乾脆老實地承認真白說的話。

過了一會兒又收到回信。

——相反是指什麼？

「明明是妳自己說的吧！」

全身突然感到無力。

即使響起了預告午休結束還剩五分鐘的預備鈴，空太還是沒有站起來。

腦海中再度滿滿都是有關七海的事。

2

鈴聲響了之後才回到教室。

下午的課也認真聽講，放學後則擔任真白的模特兒。之後，與真白一起待到六點以後，空太才回到櫻花莊。

正在玄關脫鞋子的時候，已經先回到家的七海正好從飯廳走出來。

「你回來啦。」

「我、我回來了。」

空太生硬地回應。

果然還是沒辦法正面看她的臉。

輪值做料理的七海做好了晚餐。加上因為練習鋼琴而晚回來的伊織，四個人一起享用晚餐。千尋大概是還在學校工作，還沒回到櫻花莊的樣子。

晚餐後，因為各自有事要做，沒多久便解散了。

真白在二樓的房間畫漫畫；七海為明天的甄選做準備；而空太則是製作遊戲。

伊織還要練鋼琴。大概因為比賽就在明天，所以從剛才吃飯的時候，伊織的表情就很僵硬。不見他爽朗地聊天，只是偶爾像按琴鍵似的敲著桌子。

「你還真是努力啊。」

空太這麼說了。

「是的。」

伊織也只是很普通地回答。光是看到這樣子，就覺得他似乎已經不再考慮要轉到普通科了。

在這之後，除了美咲在九點過後闖入房間以外，這晚是個寧靜的夜晚。

遊戲製作得很順利，原本預定搭載的設計也已經完成。

還加上了主畫面，已經具備遊戲的樣子。

即使如此，空太還是不斷調整數值，因為對於這樣的難易度是否適中，實在沒什麼自信。

「神田。」

突然被呼喚名字。

空太的視線朝向敞開的門口，隔壁房的鄰居龍之介就站在那裡。並非幻覺，而是實體。

「好久不見啦，赤坂。」

上次像這樣子直接見到面，已經是春假……大約一個月前的事了。

「如果你不知道門要怎麼使用，我可以說明。」

龍之介前後移動敞開的門。

「那種事我知道啦！門之所以會開著，是因為剛剛美咲學姊跑來，門沒關就跑掉了啦！」

「那你幹嘛不關起來？」

龍之介說著把門關上。

不知為何，關上門的當事人還在房裡，大搖大擺走到空太旁邊，就這樣站在電視前問道：

「完成了嗎？」

「大致上是。」

「讓我看看。」

空太把控制器放在龍之介伸出來的手上。

回到標題主畫面，龍之介先選擇了「一個人玩」。

畫面切換，遊戲開始。

開始之後，龍之介先吃了敵方ＣＰＵ的攻擊，按了每個按鈕兩、三次，確認操作方式。了解大致的操作方式之後，便開始攻擊敵方ＣＰＵ。

因為開始時受到的攻擊，龍之介處於劣勢。不過，他稍微觀察了一會兒，就完全沒再受到敵方ＣＰＵ的攻擊。不但如此，就連威力大速度慢且不易擊中的飛彈，也能輕易直接命中敵方ＣＰＵ。而且還是用連發……敵方像是被飛彈吸引般飛過來。

幾秒之後，龍之介便爽快地逆轉勝。

「你剛剛做了什麼？」

簡直就像是對敵方ＣＰＵ的動作瞭若指掌。

「只是因為神田設計的敵方ＣＰＵ動作程式太老套了而已。一眼就能了解是基於什麼樣的條件而有動作的分歧。」

「……真的假的？」

龍之介為了證明自己說的，再度啟動遊戲。「飛彈會射過來」、「炸彈會丟過來」、「會靠近過來」，龍之介漂亮地說中了敵方ＣＰＵ的下一個動作。

「你的眼睛到底能看到什麼？」

「神田的腦袋是空的耶。」

「有塞滿東西啦！」

龍之介從地上撿起另一個控制器，遞給空太。看來似乎是希望這一局來場對戰。

空太坐在床緣，正對著電視。龍之介則依然只是站在旁邊。

「話先說在前頭，我可是很強的喔。」

不管怎麼說，好歹也是開發者，這個遊戲玩了最久。不過，一次也沒贏過美咲就是了……

「你剛剛的台詞，是戰敗伏筆嗎？」

「可不可以不要把我的認真當作搞笑的橋段？」

就在進行這樣的對話當中，畫面切換。

結果，加上哭求龍之介再來一次，空太六戰全敗。

「為什麼！」

龍之介無視深受打擊的空太，再度選擇了「一個人玩」。

玩了一陣子之後，開始落井下石的評語。

「關於敵方ＣＰＵ的動作，根本就不值得評價。因為當行動的分歧已經被玩家識破的時候，遊戲就變成作業了。」

沒想到居然在玩第一輪的時候，思考模式就已經被摸透了。

「如果是認識的人之間對戰，倒也不是不能玩。不過，那並不是因為遊戲有趣，而是因為與朋友一起玩而產生『遊戲好有趣』的錯覺，很難說是遊戲本身的樂趣。要把這個稱為遊戲，還需要把敵方ＣＰＵ的動作整個換新才行。」

「赤坂，你知道什麼叫做婉轉嗎？」

「當然知道。」

「那麼，要是你能把婉轉度提高一點，我會很感激你的！」

「要做為產品，程度還差太遠。」

「如果你還記得婉轉的話題，我會很高興的！」

「不過，如果考慮這是一個有生以來第一次自己製作的遊戲……而且還只花不到一個月，算得上是做得很好了。」

「……剛剛的話拜託你再說一次。」

「是我半天就能完成的等級。」

「你有在聽我講話嗎？」

既然是龍之介，一定是聽到了才會說那些話。

「要是沒有最後那一句話，我今天就能帶著非常安穩的心情入眠了……」

空太嘆了口氣，坐在床緣直接向後倒下。

「不過，結果還是多虧了赤坂的幫忙。」

「沒錯。感謝我吧。」

「我才正要具體說明什麼事是多虧赤坂而已耶！」

「不用問也知道。要是沒有我準備的主程式與函數，就算是小規模，也不可能在一個月這短時間之內完成一套遊戲。」

「正如你所說的，雖然做了一個月，不過我卻連為什麼畫面上會顯示出圖，為什麼會有聲音，為什麼能用控制器操作都完全不懂。只是照著你教我的，叫出各自處理的函數，稍微調整一下數字。剩下的就是不斷寫『ｉｆ』而已。」

這種感覺，與解數學或物理問題時很相似。即使不懂本質為何，只要使用公式就能解開。不過，不用知道構造也無所謂，這也是龍之介的意見，空太也大致能夠理解原因。比方說電視、手機、微波爐與電腦……什麼都行，就算不知道它是基於什麼原理動作，但只要知道使用方法，就沒有任何問題。

「要是有閒工夫沮喪，不如去做調整作業吧？」

「我沒有沮喪，只是稍微休息一下。」

空太茫然望著熟悉的天花板。

龍之介還在玩遊戲，偶爾還會說「這裡不行，這裡也不行，這裡糟透了」。

聽著這些評語的時候，空太內心浮現了一個想法。不，其實是更早之前就漠然想到了，只是一直逃避著不要直接說出口……

看著眼前玩著自己製作遊戲的龍之介，這個想法一下子就膨脹擴大。

「欸，赤坂。」

「想發牢騷的話，就做出比較能玩的遊戲吧。」

「要不要跟我製作遊戲啊？」

去年的文化祭大概就是契機吧。「銀河貓喵波隆」的製作，讓空太了解與別人一起完成某事的喜悅。

這一個月以來的遊戲製作雖然也很開心，不過，比起當時的充實感還差得很遠，彷彿伸手也碰觸不到。就連製作過程的樂趣，還有完成瞬間的興奮感也完全不同。

「你有什麼好的企畫創意嗎？」

「不，倒是沒有。」

「那麼又是為什麼？說明你的意圖吧。」

「我啊，因為想成為遊戲開發者，所以挑戰企畫甄選，現在則是像這樣實際製作遊戲……不過老實說，我對於自己想成為什麼樣的開發者，並沒有具體的想像。」

「這沒有回答我的問題。」

空太毫不在意地繼續說道。

「我憧憬的遊戲開發公司有好幾家。要是大學畢業，開始找工作，當然也想挑戰進公司的測驗。不過，就算實現了夢想，大學畢業後真的進入這樣的公司工作，我會是什麼樣子呢？」

龍之介依然一個人玩著電動遊戲。

「每天穿著便服，每天來回現在光是踏進去都會緊張的漂亮辦公大樓嗎？身為幾十個企畫成員其中之一，加班到很晚？」

「是有這個可能性。」

「可是，總覺得哪裡不對。不太協調。我之所以想成為遊戲開發者，並不是因為這樣。」

「就我的認知，剛剛神田所說的，就是一般遊戲開發者的樣子。如果不是這樣，那你到底打算做什麼？」

「赤坂到我的房間，說我做的遊戲很爛……現在像這樣跟你談過之後，我終於明白了。」

「……」

「我並不只想做遊戲而已，而是想像去年的文化祭那樣，想在那樣的氣氛之中製作遊戲。」

即使已經知道了一半，卻還是逃避去面對這個心情。大概是因為害怕吧。

這並不是可以說是開玩笑、心血來潮或一時興起這種輕鬆的想法。而是打從內心這麼想，是真心話，也是認真的。正因如此，才會變得謹慎而恐懼。

要是被拒絕就結束了，會受到很深的傷害。

然而現在又為什麼能夠這樣乾脆痛快地告訴龍之介呢？

也許是因為春天以來，空太已經重新認知人與人之間的關係，正逐漸發生變化。也許是因為已經知道了，現在的櫻花莊成員無法一直在一起直到畢業。七海很快也將離開櫻花莊。

「你剛剛所說的話，事實上是不可能實現的。椎名已經是職業漫畫家，而動畫業界絕對不會放過三鷹夫人。就連幫忙製作背景的前食客，那樣也都算是職業畫家了。更何況，各自所展望的未來根本就不同。」

「我很清楚不可能由這些成員來做。我從一開始就不打算對赤坂以外的人提這件事。」

「……」

「我所說的像去年文化祭那樣，指的是製作現場的氣氛。當然啦，要是以那樣的成員一起製作一定會很棒。各自擁有夢想與目標……還有工作，所以我知道這不可能。」

「快整理出結論。」

「赤坂，跟我一起製作遊戲吧。」

「……」

「我不會說只想做一套遊戲，我想做兩套，甚至三套遊戲。要是能像藤澤先生他們那樣，在大學畢業的時候一起成立公司，那一定會很開心。希望你用這樣的角度來解讀我所說的話。」

「不可能。」

龍之介立刻回答。

「你也考慮一下吧！這次真的讓我開始覺得沮喪了耶……」

因為這樣，所以之前才不想說。空太有這樣的預感。

「未來的幾個月，我的行程都是滿的。」

「因為你都忙到得翹課嘛。我明白了。」

雖然不是能輕易放棄的夢想，不過也不能強求。再找機會說服他吧。

「所以，在我有空之前，神田就努力做個像樣的企畫吧。當然也要繼續製作遊戲。」

「咦？你是說……」

空太抬起頭來，龍之介正毫髮無傷地打倒了敵方CPU。

「你要是能做出讓我接受的企畫，我就考慮看看。」

「真的嗎？」

空太猛然起身。

「我做我做！不管是企畫還是什麼，我都願意做！」

「還有，關於設立公司，我可不打算再等五年。就算還在念大學還是有可能。最遲也是在三年後。如果你沒有這樣的打算，是不可能跟我合作的。」

龍之介不理會興奮的空太，冷靜地把控制器放在桌上。

「實在是太不妙了……一定會很有趣。」

雖然距離現在所在的地方還很遠，卻能明確想像未來的自己。一邊就讀水明藝術大學，一邊與龍之介埋首遊戲製作的每一天。應該在大學附近租個能當作開發室的房間吧。或者由空太租一間較大的房子，把那裡當作開發室呢？在步上軌道之前，應該也有必要打工賺取生活費與籌措資金吧。還必須多邀請幾個人來當工作夥伴，希望各有一個人負責繪圖與音效的。

只是稍微想一下，就是令人喜不自勝、充滿魅力的畫面。

為了實現這些，活力也湧了上來。空太感受到前所未有的興奮感。

常常聽說目標應該要具體明確，空太認為搞不好就是指這麼回事吧。

「你要說的就這些吧。」

「啊，嗯。」

「我要回房間去了。完成企畫的話，隨時都可以拿來找我。」

「我正有這個打算。」

我行我素的龍之介，把手背在背後關上房門離開。

立刻傳來隔壁房門關上的聲音。

下次遇到龍之介會是什麼時候呢？

空太沉浸在喜悅的餘韻裡，再度躺在床上。

過了一會兒，從玄關傳來聲音。看來是有誰回來了。

這麼說來，今天千尋好像還沒回來。

原以為會前往管理人室的腳步聲，不知為何卻往空太的房間靠近過來。

「嗯？什麼？」

空太感到疑惑而睜開眼睛，起身坐在床緣。

「我要進去了喔。」

千尋如此說著，便一臉不高興地走了進來。

「櫻花莊已經沒有所謂敲門這種文化了嗎？」

「因為你接受了不敲門，所以才消滅的。」

彷彿原因都出在空太身上的說法。難得的好心情都沒了。

「我什麼時候接受了？」

「這個房間可是共有空間喔。你不知道嗎？」

「雖然事實是如此，但形式上請您把它當作私人空間！」

拚命的抵抗聲空虛地在房裡迴盪，最重要的千尋本人並沒有在聽。千尋轉向門口，不知道有誰在那邊。

「妳可以進來了。」

雖然這個房間的主人姑且算是空太……不過，既然被視為共有空間，那也沒辦法。

「打擾了。」

客氣地行禮致意的人，是空太也認識的人物。

正是今天午休時間也在頂樓聊過天的長谷栞奈。

她的雙手提著像是旅行用的大袋子。

「妳為什麼會在這裡？」

她應該不是因為有事而來到櫻花莊。而且，為什麼會跟千尋一起來呢？

「聽說你們已經認識了，所以就不用介紹了。她是……一年級的長谷栞奈，從今天起將住在櫻花莊的201號室。」

「啥？」

「幹嘛裝出驚訝的樣子？」

「我是真的覺得很驚訝啦！」

「我聽說你已經知道她裙子裡的狀況了吧？」

「老師，您這是什麼說法啊？」

「你知道她下半身的情況了吧？」

「為什麼重講一遍卻是朝向更糟糕的方向啊！」

雖然覺得還沒向千尋說夠，不過空太已經掌握了最基本的狀況了。

況且，除了沒穿內褲，實在想不出其他栞奈會遭流放的理由。

「可以請妳說明是怎麼回事嗎？」

空太決定直接問栞奈。記得聽她說過，劇情架構已經獲得責任編輯同意，壓力應該暫時紓解了才對。

「請答應我不能倒胃口。」

栞奈果斷地說道。

「這恐怕有困難……」

空太老實地回答。

「為什麼？」

「因為好像想像得到答案，所以已經在倒胃口了。」

「今、今天只是一時錯亂！那個……因為劇情架構通過了，心情上稍微比較開放。」

「就算這樣，也不需要開放那種地方吧！」

這該不會已經成癮了吧？已經完全無法滿足於不夠徹底的刺激了。

「那麼，是被誰發現了嗎？」

大概是覺得沮喪，低著頭的栞奈輕輕點頭。

「大概在進宿舍的第三天，女子宿舍的女舍監好像察覺到她的樣子怪怪的。感覺好像在在意什麼，心神不寧。在那之後，就一直觀察她的樣子。」

「話說回來，妳連在宿舍也這麼做啊！」

「只有一下下而已……」

在這種時候，已經無關於多或少，而是有或沒有的問題。

「然後啊，就在今天晚餐時間，正好跟從二樓下來的她在樓梯碰著正著，謎底就解開了。這也難怪會心神不寧。」

「唉。」

「然後，我明明還要去約會，卻突然被校長叫過去，被迫針對如何處置她的問題開會到剛剛才結束。」

千尋的心情比平常還要惡劣，看來似乎是因為約會泡湯了。

「真是的，對方難得主動邀約耶。」

她仍繼續小聲喃喃抱怨著。

看來約會的對象，似乎就是在遊戲企畫方面很照顧空太的藤澤和希。記得他們兩人是同年級的同學。

「先回到正題，到底是怎麼回事？」

空太把名為千尋的脫軌暴走列車，拉回原來的軌道上。

「女子宿舍的舍監也說自己沒辦法處理，班導則是聽從校長的指示，而那個校長打從一開始就想把她推給櫻花莊。不過，這也難怪啦。我也看過各種問題學生，倒是第一次遇到有暴露癖的學生呢。」

「她本人就在眼前，好歹也斟酌一下用字遣詞吧！」

「我的才不是暴露癖。」

不知為何，栞奈向空太提出抗議。說的人明明就是千尋……

「對於未來就要在同一個屋簷下一起生活的人，顧慮那麼多做什麼？」

「當然是為了要把世界導向和平！」

「等一下，你不准再吐槽了。搞得話題一點進展也沒有。」

打從心底嫌麻煩的千尋如此說著。實在是太叫人遺憾了。

「還不是因為老師連續說了許多讓人沒辦法置若罔聞的話嗎！」

「夠了，給我閉嘴。」

「……」

總之，還是先乖乖聽話。

「最重要的是，包含她在內的所有人，大家一致認為不能再默認她的行為，讓她繼續沒穿內褲在校內或宿舍裡晃來晃去。不過，既然她是女的，本來就不會晃來晃去。」

「從我閉嘴後的第一發，就給我說出這麼驚世駭俗的話啊！」

千尋沒有所謂羞恥心這種東西嗎？超過三十歲之後，就連性別也都沒了嗎？說不定是這樣。一定是這樣。

「反正，女子宿舍的舍監也好，班導也好，就連校長也完全不可靠呢。」

「也就是說，千尋老師對於其他不可靠的老師們看不下去，所以才把她帶回櫻花莊囉。」

雖然從平常的言行舉止看不出來，不過，千尋畢竟還是忠實扮演好老師的角色。空太最清楚不過了。

「老實說，我當時很想回家了。」

千尋一邊打呵欠，一邊說出實在很驚人的話。

「我對您的理由有異議！」

「不過，就如同神田所說的，我決定把她帶回櫻花莊，剩下的就交給你照顧了。」

「啥？」

剛剛千尋說了什麼？

「細節就像我剛剛所說的。」

「根本就沒聽到重要部分的詳細說明吧！」

不能在這裡被牽著鼻子走。現在有很棘手的事正被推往自己身上。去年四月時發生的事閃過腦海——正是決定「負責照顧真白」的人。

「為了讓一年級菜鳥女學生不要再不看場合脫內褲，你就負起責任好好調教她吧。」

「您有自覺自己剛剛說了什麼嗎！」

「當然有啊。」

「真是驚人啊，喂！」

兩人這樣你來我往的時候，栞奈說著「我有看場合才脫」，做無意義的辯解。

「沒問題的，你一定辦得到。」

「我完全搞不懂被鼓勵的意義在哪裡！」

「我相信你在這一年當中照顧真白的實績。」

「我根本就不想要這種信任啦！老師到底把我當成什麼！」

「飼主啊？」

「這是什麼『你連這個也不知道嗎？』的說法啊！」

「好啦。幫你升格為頂級飼主。」

「不要再扯到飼主了！」

「大件的行李明天再搬，拜託你了。好，解散。」

「可不可以也順便解散要我照顧她的想法啊！」

「那麼，剩下的就問神田吧。」

徹底無視空太的千尋對栞奈這麼說之後，迅速走出房間。

「啊，等一下，老師！」

傳來的只有管理人室房門關上的聲音。

試圖叫住她而伸出去的手，遺憾地什麼也沒抓到。空太心中充滿了空虛放下手。

「真令人頭痛……話說回來，突然要栞奈學妹妳住在櫻花莊，妳無所謂嗎？」

雖然有一部分很有問題，不過表面上是成績優秀的優等生。要是被當成問題學生，不覺得是很大的打擊嗎？

「既然都已經這樣了……那也沒辦法。我會努力期望能儘早回到一般宿舍。」

「要是有我幫得上忙的地方，我都願意幫忙。」

「……空太學長才是，你無所謂嗎？你應該有話想對我說吧。」

「那麼輕易就被別人發現了，妳所謂的羞恥心到底算什麼呢……我是會這麼想啦。」

「讓我們彼此都忘記吧。」

如果能這樣就解決倒還好，不過已經不是空太忘了就沒事的問題。主要是對於某一方面已經產生了很大的影響，事到如今也不可能忘掉與七海之間發生的事。

空太正想著這些事的時候，房門口出現了一個人影。

「嗚！為什麼絕壁眼鏡女會在這裡！」

出現的人是伊織。身上穿著運動褲與T恤，頭上戴著耳機，長長地拖著耳機線。

對於伊織的登場，栞奈的反應是露骨地嘆了口氣。

「櫻花莊裡有偷窺狂啊。」

厭惡感全開。因為對方是同年級生，所以也不用敬語，更增加了說話的魄力。

「她從今天起要在櫻花莊生活了。」

「真的假的！」

「你們兩位認識啊？」

空太向栞奈與伊織問道。

「真要說起來，就是這個傢伙啦，空太學長！因為潛入女子宿舍的我被這傢伙發現，才會被貼上偷窺狂的標籤而被流放啦！」

「真要說起來，還不是因為你做了企圖偷窺女子浴室這種卑劣的事。真要說起來，因為你是變態才會被流放。真要說起來，就是因為你是個笨蛋。」

一切正如同栞奈所說的。雖然說到變態，可能是彼此不相上下……這時，空太被栞奈惡狠狠瞪了。

「有什麼事嗎？」

「不，沒事。」

「看起來不像沒事的樣子。」

「不，沒事。」

空太刻意用完全相同的話回應。

放棄追究的栞奈，再度鎖定伊織攻擊。

「我還要更正一件事。」

「什、什麼事啊？」

被栞奈的冷靜目光恐嚇的伊織，忍不住後退。栞奈透過眼鏡的視線，具有相當的威嚇作用。

「我才不是絕壁。」

大概是感到很在意，唯獨只有說這句話的口氣有點激動。

「啊？反正就算有也是高尾山吧？那種在我心中，根本就稱不上是山啦！丘陵，是丘陵！」

「……」

栞奈的視線冰冷得像是要發動詛咒一般。

「不、不過，高尾山是個好地方喔。距離東京都中心又近，是能輕鬆前往的人氣景點呢。」

「你講這話的時候在看哪裡啊？」

空太正看著栞奈的胸前確認。栞奈轉動肩膀遮掩。

「況且，為什麼擔任新生致詞代表的認真優等生會來到櫻花莊啊？妳是做了什麼事啊？」

伊織提出了十分正確的疑問。

「這是因為……」

看來栞奈還是對於這個問題不知如何是好，先低下了頭，接著彷彿求救般將視線朝向空太。

「咦？空太學長你知道嗎？」

伊織的眼睛出奇銳利。

「你要是說了，我也會說出來。」

栞奈的呢喃已經完全是威脅了。

「我還想說到底在吵什麼。」

七海深深嘆了口氣。

「空太。」

接著，連真白也出現了。

「幫我弄乾頭髮。」

她絲毫不把現場氣氛當一回事，拿出了吹風機。

「椎名，妳也多注意一下周圍吧。看到這個狀況，妳沒有任何感覺嗎？」

真白依序看了空太、七海、伊織與栞奈。

「五個人。」

「人數一點也不重要啦！」

「神田同學，這個該不會是……」

七海似乎察覺到栞奈手上的大行李袋。

「請容我正式自我介紹，我是一年級的長谷栞奈。」

栞奈行禮致意。

「從今天起要在櫻花莊受各位照顧了。請不吝指教。」

栞奈完成了入住宿舍的招呼。

就這樣，新年度開始才過一個月，櫻花莊的空房間全都滿了。

這一天的櫻花莊會議紀錄上如此寫著。

——普通科一年級生長谷栞奈同學入住201號室。書記．青山七海

——請各位多多指教。追加．長谷栞奈

——歡迎會等明天搬完之後再舉辦吧。追加．神田空太

——我才不歡迎！追加．姬宮伊織

——反正被變態歡迎也讓人覺得不愉快，所以這樣正好。追加．長谷栞奈

——你們幾個，別把會議紀錄當聊天室。追加．神田空太

——今年的變態真是大豐收。追加．椎名真白

——話題已經有結論了，不要又多嘴了！追加．神田空太

——神田同學，別把會議紀錄當聊天室。追加．青山七海

——是的，對不起。追加．神田空太

——「負責照顧栞奈」的人就決定由神田空太擔任。追加．千石千尋

——您泰然自若在寫些什麼東西啊！追加．神田空太

3

隔天，五月三日是憲法紀念日。

上午幫栞奈接收了行李之後，下午來到水明藝術大學。

空太、真白、栞奈與七海並肩走在貫穿大學中央的林蔭道上，正要前往音樂廳，打算偷偷去看伊織的比賽。

雖然討論過是不是該注意一下穿著打扮，後來還是決定穿制服比較保險。

「為什麼連我都要一起來？」

這麼說的人是栞奈。她繼續抱怨著「我本來想先整理一下行李」。

「要是放妳一個人，又會想東想西，累積壓力，而且妳也想趕快找到其他紓解壓力的方法，好早日離開櫻花莊吧？」

「嗯，是這樣沒錯……」

栞奈像是理解了又像還沒接受般噘著嘴，視線從空太身上移開。

「對了，優子不要緊嗎？房間剩下她一個人，會不會覺得很寂寞？」

「聽說她要跟沒有室友的二年級生一起住，所以應該不用擔心。她跟我不一樣，不管跟誰都能很快就打成一片。」

以優子的情況而言，不懂得察言觀色反而是種優勢。

「不過，她說了『我也很快就會過去了』。」

栞奈斜眼看著空太。

關於這件事，空太昨天已經藉由優子的簡訊知道了。

——櫻花莊已經沒有空房間了，妳死心吧。當然，跟我一起住同一間房間這種蠢提案是被駁回的。

空太如此乾脆回應。優子大概大受打擊，之後沒再傳簡訊過來了。

雖然其實再過不久，就會空出一間房間……

空太原想偷瞄七海一眼，沒想到目光卻對個正著。

「神田同學，走路不看前面可是會跌倒的喔。」

七海以自然的態度轉向正前方。

「喔、喔。」

不過，空太明顯意識到了。

今天不光是伊織的比賽，傍晚還有七海的甄選。七海說過甄選結束之後，有話要對空太說。要保持平常那樣自然的態度，實在是有點困難。越是想裝作若無其事，反而越會意識到而變僵。

「那個，神田同學。」

「幹、幹嘛啊？」

「為什麼那麼警戒啊？」

七海一副受不了的樣子。

「才、才沒那回事呢。」

空太說著覺得自己真是沒有說服力。

「那麼，有什麼事嗎？」

「伊織同學的比賽結束之後，甄選之前可以再陪我練習一次嗎？」

「這件事啊。我知道了，沒問題。」

「空太，我也要。」

這次則是走在旁邊的真白開口說道。

「陪我去美術教室。」

「如果是在陪青山練習之後倒是沒問題……不過，妳今天也要畫嗎？」

「就快畫好了。」

真白不經意的一句話，卻足以讓空太內心一瞬間緊張起來。

就快畫好了。

真白的畫即將完成。

那到底代表什麼意思？事到如今不用想也知道。

真白為了弄清楚自己心中悶悶的情緒究竟是什麼，所以四月起就開始畫空太的肖像畫。

完成之後，真白的畫會訴說什麼樣的內容呢？

「就快畫好了。」

彷彿催促空太回應，真白又說了一次。

「嗯，我知道了。」

忍不住脫口回應的空太，完全錯過機會反問「就快完成」的正確時間。

還需要兩、三天嗎？還需要大概一個禮拜嗎？或者是明天或今天？對空太而言有很大的差別，而且也很重要。

「空太學長真是受歡迎啊。」

栞奈的聲音聽來完全沒有誠意，如此挖苦。不，其實不清楚她是不是在調侃空太，因為她現在依然一臉沒興趣的樣子，朝向前方。

這時，突然吹來一陣春天氣息的風。

「呀啊啊！」

栞奈誇張地發出尖叫聲，用雙手壓住裙子。空太、真白、七海的視線集中在栞奈身上。

「那個～～栞奈學妹？該不會現在也是？」

「才、才不是。」

栞奈揮動雙手，立刻否認。站在她身旁的真白，把手伸進她的裙子裡。

「咦？」

栞奈發出驚愕的聲音。真白絲毫不以為意，彷彿掀門簾般掀起栞奈的裙子。

「呀啊啊啊啊啊啊啊！」

栞奈慌張地從前後壓住裙子，當場坐了下來，眼眶已經含著淚水。

「沒穿內褲。」

真白一副堂堂的態度向空太報告。

栞奈的視線沒有朝向真白，而是尖銳地看向空太。

「你、你看到了嗎？」

「我沒看到，妳放心吧。」

多虧掀裙子的真白就站在中間，不然大概會有非常驚人的光景烙印在視網膜上。

「請椎名學姊也看一下場合！竟然在這種地方掀裙子，實在是太沒有常識了。」

沒穿內褲的人比較沒有常識吧……七海似乎也同意，看著栞奈曖昧地笑了笑。

「栞奈，已經上癮了呢。」

繼續不看場合發言的人是真白。

「才、才不是！只是一時著魔而已。」

辯解的聲音變得越來越微弱。

「栞奈是變態。」

「看來要回到一般宿舍，還有一段很長的路呢。」

空太混著嘆息聲，說出自己的感想。

「我、我很快就會離開的。」

眾人就這樣邊聊邊往音樂廳走去。

完工還不滿十年的音樂廳，白色的外觀引人注目。最多可容納達六百名觀眾，是水明藝術大學引以為傲的設施之一。

穿過整面都是玻璃的正門口，來到正門大廳。突然間，腳底的觸感變柔軟。地板上鋪了酒紅色的地毯，明明是在學校裡面，卻散發出高級的感覺。

空氣也與建築物外完全不同，彷彿圖書館般安靜。刺痛肌膚的緊張感，充滿了入口大廳。

三三兩兩的人影，在牆邊有幾個人站著小聲交談。男性的大人身穿沉穩的西裝，很引人注意；女性雖然不是穿著禮服，不過每一位的打扮都是高雅優美。

也有兩、三個看起來與空太等人差不多年紀的人。男孩子身穿燕尾服；女孩子則穿著禮服。

他們大概是參賽者，被看似鋼琴老師的人叫住後，便專注聆聽老師說話。

看來似乎來到了與自己不搭的場所——這是空太最先浮現的感想。

「不要堵在門口附近。」

後方突然傳來聲音。

「啊，對不起。」

空太如此回應並讓開來。

一看到聲音的主人，空太張大了嘴。

「學生會長。」

後面的人正是三月從水高畢業的館林總一郎。深藍色的外套，很適合認真的他。

「我都已經畢業了，別再那樣稱呼我了。」

「館林學長是來為未來的弟弟加油的嗎？」

「那個像三鷹會說的話就更免了……只是沙織拜託我來看看她弟弟的狀況。」

「這跟加油有什麼不一樣嗎？」

空太如此反問。

「你們是來為新的櫻花莊成員加油的嗎？」

總一郎則又如此反問。總一郎的目光依序看向空太、真白、七海與栞奈。

「你已經知道伊織在櫻花莊了啊？」

「那位一年級生也是吧？才不到一個月，沒想到這麼快就補了三鷹跟上井草的缺啊。」

即使美咲結婚了，總一郎還是以之前的姓氏來稱呼她。他正看著櫻花莊新成員栞奈。

「你是聽美咲學姊說的嗎？」

「聽說神田跟現任的學生會長同班。」

原來如此，情報來源是那邊啊。空太與七海隸屬的三年一班，除了櫻花莊的成員，不知為何也有學生會的成員。

「別惹出麻煩喔。」

說完這像是道別的招呼語，總一郎走進了音樂廳裡。空太也緊追在後，跟了進去。

在隔音門前停下腳步的總一郎，轉過頭看著空太。

「為什麼跟著我？」

「因為是第一次參觀比賽，想跟著應該很熟悉的館林學長。」

空太的身後像是母雞帶小雞一般，跟著真白、七海與栞奈。女朋友姬宮沙織既是伊織的姊姊，同時又是三月畢業於音樂科，那麼身為男朋友的總一郎應該很清楚在這種場合該有的行為舉止吧。

「這個厚臉皮的行徑是從三鷹身上學來的嗎？」

「這個部分我倒是沒有想向他看齊。」

「算了，隨便你。」

總一郎走在前面，穿過隔音門走進演唱會廳。

視野一下子變開闊。挑高的天花板，斜斜向上並排的觀眾席。從入口處需要稍微眺望的舞台上，放著一架發出黑色光澤的鋼琴。

前方似乎是相關人員與評審委員的座位，一個地方坐了十幾個人。從中間往後的座位，才是一般觀眾的位子。

眾人跟著總一郎，在中央區域的空位並排坐下。椅墊柔軟，坐起來相當舒服。

觀察周圍，觀眾大約有一百人左右。

因為氣氛不太適合聊天打發時間，空太便乖乖等候比賽開始。

過了約十分鐘，傳來廣播的聲音——

——時間差不多了，下午的部分即將開始。

些微的談話聲一下子全消失，全場鴉雀無聲。

接著，身穿大紅色禮服的女學生，立刻從舞台旁邊踩著高跟鞋登場。空太對她的長相有印象，應該是水高音樂科的學生。

她向評審委員行禮致意，接著調整椅子的位置，便在鋼琴前坐下。吐了一口氣之後，把手放在鍵盤上，開始演奏了起來。

看來似乎很隨性就開始了。

演奏不算十分完美。額頭上微微冒出汗珠的女學生，再度向評審委員行禮致意，便從舞台旁邊退場。

緊接在她之後出場的，是下一位演奏者。這次是一位穿著燕尾服的男孩子，頭髮也完全向後梳得服貼。

與剛才的女孩子相同，他打完招呼，重新調整椅子的位置，以自己的步調開始演奏。曲子也一樣。

彈完一首曲子之後，下一位演奏者上場。接著下一位也是……就這樣重複持續了一陣子。

不，大概到最後都會是這樣吧。

因為大家的曲子都一樣，老實說已經開始覺得膩了。

就在打了第一個呵欠時，總一郎說明了比賽有非彈不可的指定曲。有時會是從幾首曲子當中選出一首，有時則是演奏固定一首，也有從預賽開始就彈幾首曲子的比賽。

這次的指定曲是蕭邦的樂曲。就算知道是敘事曲第幾號，對於古典音樂不熟悉的空太，還是無法馬上理解。

坐在隔壁的真白，從第六位演奏者開始就打起瞌睡來。她發出規律的呼吸聲，坐在最裡面的栞奈一副受不了的樣子。

坐著超過一個小時之後，就連空太也不知道已經打了幾個呵欠。

要是伊織再不出現，空太就要睡著了。

不知道是不是這樣的意念傳達出去了，前面的演奏者演奏結束時，拿著演奏者名單的總一郎說道：

「就是下一個了。」

空太搖晃真白的肩膀，把她叫醒。

幾乎同時，伊織的身影出現在舞台上。亂翹的頭髮還是老樣子，不常見的燕尾服意外地很適合他。只要不開口講話，看起來有知性的氣質，真是不可思議。

大概是有認識的人登場了，總覺得周圍的氣氛與之前不太一樣。

「聽說那個就是姬宮沙織的弟弟。」

後座傳來這樣的聲音。

「姊姊好像去維也納留學了吧。」

「那麼，也可以期待他的表現囉。」

「不，姬宮弟弟啊……」

正猶豫著要不要轉過頭去時，伊織已經坐在鋼琴前面。他閉上眼睛仰著頭。

白頭髮的男性評審委員看著伊織，對隔壁的外籍評審委員竊竊私語。外籍評審委員像是想到什麼似的，用力點頭表示了解。總覺得他們也提到了沙織的名字。

「不舒服的感覺。」

真白喃喃說著。

那大概是對這個場合氣氛的感想吧。空太也有同感。到剛才為止，明明都還散發演奏前特有的緊張感，現在卻混雜著冷場的感覺。

空太心想非得在這種情況下彈琴，實在是很難動手吧。

伊織把手放在鍵盤上。才看到他抬起雙肩，就開始演奏樂曲。那是今天不知道聽了幾遍的曲子。雖然每個人彈起來各自有不同的風味，不過空太感覺不出太大的差異。他對現在伊織正在進行的演奏，也是同樣的感想。

以一句話來形容，就是彈得很好。與稍微學過鋼琴，會彈一點的程度，有明顯的不同。演奏具有魄力，旋律讓人覺得很舒服。不過，會有所感動的部分也僅止於此。硬要跟前面的人做比較的話，老實說並不知道差異在哪裡，所以不知如何比較。

觀眾席應該也有同樣的感想。感覺投射在伊織身上的，是沒有期待的視線。只看得到背影的其中一名評審委員，手撐在桌上托著腮幫子，甚至讓人覺得像是只聽到一半就已經評好分數的感覺。伊織越是投入演奏，評審委員與觀眾席間冷場的氣氛就越強烈。

這樣實在很難受。

空太正這麼想的瞬間，音與音的連結突然中斷。

伊織不再繼續彈琴。曲子明明還剩下一半……

一瞬間，會場不知道發生了什麼事，被靜默包圍。

「啊～～不彈了。」

伊織彷彿自言自語般如此說道。

「我不彈了！」

這次則是像對全場宣言般吶喊。

「還彈得下去才有鬼！」

他在鋼琴前面站起身，叫喊著快步退場。

舞台上理所當然一個人影也沒有。

會場開始騷動了起來。

「那是在搞什麼啊……」

「未來會沒辦法再參加比賽喔，姬宮弟弟。」

到處傳出引發不安的聲音。

「紗織不祥的預感果然猜中了。」

總一郎仍然看著前方，露出嚴肅的表情。

空太向總一郎投以疑問的視線。

「相關人員之間好像都把伊織稱作『姬宮弟弟』。」

這麼說來，剛才是有聽到這樣的聲音。

「比起總是獲得前面名次的沙織，伊織的成績似乎都不是很好。雖然就沙織所說，他的實力其實並不差。」

應該是如此吧。畢竟還考上了水高的音樂科。

「他不但有持續練習的毅力，最重要的是，他似乎也很喜歡音樂。」

空太想起第一次進伊織房間時的事。那是伊織剛搬進來的當天。一開始就把巴哈的肖像畫貼在牆壁上，行李也沒動手整理就熱衷地彈著琴，不禁讓人腦海裡浮現「音樂痴」的字眼。

「只是，因為他是沙織的弟弟，所以不管參加什麼比賽，都會被拿來跟已經有成績的沙織做比較。音樂這個圈子，似乎沒有想像中那麼大。所以沙織說過，比賽的評審委員、相關人員，還有喜歡而來參加的觀眾，如果只是過個三年也幾乎不太有什麼變化。」

所以坐在後座的觀眾才會知道伊織的事。除此之外，也知道姊姊沙織的事。所以，才會稱伊織為「姬宮弟弟」。

空太大概能夠理解了。

伊織會提出轉科申請的理由……

也能想像為什麼他會一邊嚷嚷著不彈琴了，卻又矛盾地持續練習鋼琴。

在騷動尚未平息的會場之中，空太一個人站起身。

「神田同學？」

「我去看看伊織的狀況。」

空太不覺得自己幫得上忙。想不出鼓勵的話，不過還是不能放著他不管。

「我也跟你一起去。」

跟在七海之後，真白也站起身來。

「要是乖乖閉嘴彈琴，就看不出來是個笨蛋了。」

栞奈一副沒辦法的樣子。

唯獨總一郎始終沒有打算離開座位。

「你不去嗎？」

「雖然覺得擔心，不過交給你們應該就沒問題了。」

「那可是會造成我們很大的壓力啊。」

「之前三鷹就說過了喔，他說神田是他引以為傲的學弟。」

「那一定只是仁學長風格的玩笑話啦。」

空太如此回應之後，便踩著鬼鬼祟祟的腳步離開會場。

真的只有總一郎沒跟上來。還以為他剛剛說的只是調侃的話，該不會是認真的吧。

「神田同學？」

「啊，不，沒事。」

重新調整心情，空太、真白、七海及栞奈一起來到後台，往休息室的方向走去。

在後台弧型通道上快步前進，來到幾間並排的休息室前，其中一間門前聚集了六、七個人。

有兩位像是比賽的男性工作人員，年約三十幾歲。其他的就跟空太等人差不多年紀，大概是參賽者吧。眾人與休息室的門保持一段距離，觀察狀況。

「我說你！你有聽到吧？快點出來！」

男性工作人員以戴著臂章的手咚咚咚敲著門。

「伊織在房間裡面嗎？」

「嗯？你們是他學校的朋友嗎？」

工作人員似乎是看到空太等人身穿制服才這麼認為。

「從裡面上了鎖……就算叫他也沒回應。」

另一位男性工作人員，帶著困擾的表情如此說著。

空太毫不遲疑地站在門前，呼喚伊織。

「喂，伊織，聽得到嗎？」

「……這個聲音，是空太學長嗎？」

相當沉悶的聲音。雖然也可能是因為有門的阻礙，所以聽起來悶悶的不太清楚。與平常伊織開朗有精神的印象，簡直完全不同。

「是啊，是我。椎名、青山，還有栞奈學妹也都在一起。」

「你們為什麼會在這裡啊？」

「來幫你加油啊。」

「這又是為什麼……」

「因為伊織每天都很認真練習，所以就來替你加油了。」

這是空太的真心話。因為他認真努力，所以想為他打氣。

「總之，你先開門吧。」

「請不要管我了！」

強烈的拒絕，與站在門前的空太互相碰撞。

背後感受得到周圍開始緊張了起來。其中還混雜了覺得事情變得更棘手的情緒，空太也感覺得出來。

兩位男性工作人員顯然語塞了。要是一個沒弄好，惹惱了伊織會讓情況變得更糟，而且老實說，兩人可能也不想擔負這個責任吧。

在這樣的情況下，空太的身後冒出聲音了。

「既然本人都這麼說了，不要管他不就好了嗎？」

漠然說出冷言冷語的人是栞奈。

「反正他也只是希望有人理會，所以才關在裡面。」

措詞毫不留情，甚至還可以從中感覺到不耐煩。

「他要是真的想一個人獨處，就該趁早離開會場，隨便到哪去都行。」

栞奈已經完全沒有要客氣的意思，直接對門的另一頭說道。

「大概是覺得只要這麼做就會有人理他吧。跟小孩子沒兩樣。」

「才不是那樣！」

門的另一頭發出了強烈的反應。

「不然，你是想要大家安慰你嗎？『你是有才能的，所以要加油』，或是『你的未來正大有可為』之類的。」

相反的，栞奈的態度越來越冷淡。

「不是！」

「那麼，是希望我這麼說囉？『反正既然你贏不了姊姊，還是趁早放棄算了』。」

「不要再說了……」

空太覺得栞奈實在是講得太過分了，於是出聲制止。

不過，制止似乎太遲了，房間裡傳來喀啦的玻璃破裂聲。

「伊織？」

出聲呼喚也沒有回應。空太抓住門把，前後搖晃房門。因為是很堅固的設施，所以根本不為所動。

這時，年約二十幾歲的女性工作人員上氣不接下氣地跑了過來。

「我借房間的鑰匙過來了！」

「快點打開！」

男性工作人員催促著，她便慌張轉動鑰匙。

「伊織！」

空太首先衝進房裡。

裡面沒有伊織的人影。入口正面的大片玻璃窗破裂，粉碎散落一地。布滿玻璃碎片的摺疊椅，被扔置到窗外。

這裡是一樓，看來伊織是從窗戶跑出去的。

空太緩緩轉頭看著栞奈。

「那個，栞奈學妹？」

「對不起，我說得太過分了。」

「妳這樣先道歉，我就什麼也沒辦法說了。」

「所以我先道歉了。」

「妳明知道對伊織說那些話，就會變成這樣吧。」

「不過，要我趕快找到其他紓解壓力方法的人，明明就是空太學長。」

「在這個時間點居然扯到這個話題？」

「總覺得叫人火大……我想過放棄寫書，也不是不懂想讓周遭注意自己的心情，那個……」

「好像看到了自己，所以感覺很不耐煩？」

栞奈輕輕搖了搖頭。

「像這樣不知羞恥地向周遭耍任性，我才做不出來。」

「伊織被說得真難聽啊……」

「不過，要是能做到這一點，也許我就能更像個普通人了。」

所以才會對伊織的態度感到生氣。因為自己做不到的事，有人在自己面前做到了。

「妳要是也覺得自己說得太過分了，可要好好跟伊織重修舊好喔？我去把他找回來。」

「沒有那個必要。」

空太疑惑地把目光移向真白視線的前方。

透過破裂的窗戶，還看得到狼狽奔跑的伊織背影。

明明那麼漂亮地破窗而出，卻才跑了三十公尺的距離。

「腳程好慢！」

這樣的話，應該很快就能追上。

空太想著也從破裂的窗戶來到外面，全力衝刺追逐跑向林蔭道的伊織。

眼看著正逐漸追上身穿燕尾服往前跑的伊織。伊織的腳程實在是慢得驚人，很快已經上氣不接下氣。

「喂，伊織！」

空太中途如此叫喚，伊織便回過頭來，對於逐漸逼近的空太嚇了一跳。同時，他又拚命動起手腳，企圖逃脫。不過，腳程實在慢到讓人覺得有趣的地步，連跑步的方式都很怪。

快到林蔭道盡頭的時候，空太追上了伊織。

將手放在他的肩膀上，讓他停下腳步。

「放開我！」

猛然回頭的伊織，高舉右手拳頭。

空太要防衛的同時，拳頭已經來到眼前。

就在即將直擊的瞬間，空太反射性閉上眼睛，對即將來臨的痛楚做好準備。

「……」

不過不知為何，預期的痛楚過了一陣子始終沒出現。

空太戰戰兢兢睜開眼。

顫抖著緊握拳頭的伊織，露出沉痛的表情。

修長的手指失去力量，逐漸鬆開拳頭。

看到他這樣的空太，似乎知道了伊織沒有揮拳過來的原因。

伊織的手不是為了揍人，而是為了彈奏美妙的旋律才存在的。

他跑步的難看樣，也不難想像為什麼。

就像真白那樣，伊織的身體是用來彈鋼琴的身體。為了避免跌倒受傷，恐怕最近都沒有進行什麼劇烈的運動吧。

「請不要管我了！」

伊織因悔恨而緊咬牙根。

「就算不說我也知道！我知道反正我的鋼琴是贏不了姊姊的！就算不用參加比賽也知道！就算不用聽評審委員評分也知道！當然也輪不到被絕壁女說，我自己最清楚不過了！」

伊織的雙眼帶著血絲，喉嚨吼到幾乎沙啞。呼吸仍舊紊亂，表情痛苦地扭曲。

「每天彈鋼琴的時候，琴聲就告訴我了！我早就知道不管我怎麼做都贏不了姊姊！反正我就是『姬宮弟弟』！只不過是姊姊的附屬品而已！」

「伊織……」

「我的實力，我自己最清楚了……至今我又不是沒努力過！」

伊織的手抓住空太的前襟。

「我練習的時間不輸給任何人！上了國中以後，幾乎是過著泡在鋼琴裡的生活，不管睡覺或醒來都是練習！把一切全獻給了鋼琴！還因為不能讓手指受傷，所以體育課全都只是在旁邊看而已！就連大家玩得很開心的運動會，我也連續三年都沒參加！還有文化祭的準備工作，也只是遠遠看著班上同學動手製作……也因為這樣，所以在班上總是格格不入，連一個朋友也交不到，大家還在背地裡說我『滿腦子只有鋼琴，真是噁心』。就算室內鞋不知道被藏到哪裡，我還是一直專注在鋼琴上！」

伊織的手在顫抖。不，是全身都在顫抖。對於現實未能出現期待的結果感覺到憤怒。無處發洩的怒氣，現在正朝空太而來。

「全部，我說的是全部！我把國中三年，全都奉獻給鋼琴了！因為跟比賽日程重疊，所以我連班遊也沒去！滑雪教室也沒能去，因為如果受傷就麻煩了！製作畢業紀念冊時，還因為只有我沒有跟朋友的合照，所以被叫到教職員室！這種事，就算被叫去教職員室也沒有用啊！可是……可是……為什麼會這樣啊！每次比賽總是被拿來跟姊姊做比較！才開始演奏而已，現場馬上就變成了『啊～～就只有這種程度啊』的氣氛！不管是誰，都用『弟弟實在是不行啊』的目光看我……為什麼、為什麼啊！至少也該看著我啊！看看我又有什麼關係……撇開姊姊的事，聽聽我的琴聲啊……」

伊織因悲痛而崩潰跌在地上，雙手緊抓著放在空太腰上，臉上已經因為眼淚而變得狼狽不堪，眼睛也變得紅通通。

「都已經做到這種地步了還是不行，那我還是非得繼續彈琴不可嗎！」

「……」

「我也想做些普通的事啊！想跟朋友去速食店小口小口啃著薯條！我不想未來還繼續過著不正常的生活！我不能有這種想法嗎！」

面對無法處理的情感，伊織亂扯頭髮。

「都已經盡量去做了，卻還是沒能獲得好評。像這樣，我再繼續彈琴有意義嗎！」

空太內心強烈認為其中是有意義的，強烈地想相信是有意義的。不過，空太並不打算在這裡告訴伊織。即使這麼做了，也毫無意義。所以，空太說了別的事。

「伊織，你的手沒事吧？」

「咦？」

伊織一臉意外地抬起頭來。

「你剛剛不是打破了休息室的玻璃嗎？沒受傷吧？」

伊織確認雙手之後說道：

「……好像沒事。」

並用力擦拭淚水。

「這樣啊，那就好。」

對於空太的態度，伊織感到有些困惑。空太毫不在意，繼續說著：

「伊織，你為什麼會開始彈鋼琴？」

「……」

伊織不解地皺著眉頭，摸不清空太的用意。

「你是怎麼開始彈琴的呢？」

「……剛開始，我想應該是受到姊姊的影響吧。或者該說，練習是理所當然的……」

「那麼，又為什麼持續到現在呢？」

「琴彈得好的話，爸媽就會很高興，並且誇獎我……這讓我覺得很開心，想讓他們更高興，所以就開始卯起來練習了。」

像是在斟酌用字遣詞，又像在回溯記憶，伊織一點一點地回答。

「不過，中途就……」

「被拿來跟姬宮學姊比較而開始覺得痛苦？」

「……是的。」

「即使如此，你還是想要超越而不斷努力到現在吧？」

「……」

至今一直拚命彈鋼琴。即使進了水高，即使被流放到櫻花莊，每天仍毫不間斷地持續練習。

就連國中三年也全都奉獻給鋼琴了……

「你知道自己為什麼會想超越嗎？」

空太以沉靜的聲音詢問。

「……」

伊織沒有回答，只是低著頭陷入思考。

空太又繼續說下去：

「我不會說繼續彈鋼琴比較好，也不會說放棄比較好。」

「……」

「結交很多朋友，在下課後熱絡地聊些蠢話題也好，參加學校活動跟大家一起合作也很快樂，甚至交個女朋友，中午一起吃便當，一起回家，假日去約會，也是很充實的高中生活。就如同伊織所說，高中三年的生活不是只有鋼琴而已。所以，我不會說希望你繼續，或者說就算放棄也無所謂。只要是伊織思考煩惱過而能接受並決定的，不管是繼續或放棄都好。我認為只要是理解接受，而且是自己決定的事，其中一定都有意義。」

「所以，我剛剛不是說了我不要繼續彈琴了嗎！」

「那麼，為什麼剛才本來要揍我，卻在中途就停手了？」

「你在說了不想彈琴之後卻還繼續練習，這是為什麼呢？」

因為不能讓彈琴的手指受傷。伊織的身體直覺做出這樣的反應。

「我……」

「你今天也不是為了要放棄才參加比賽的吧？」

伊織認真地看著自己的雙手。

細長的手指。雖然給人纖細的印象，卻也有強而有力的感覺。

「自己想要怎麼做，想要成為什麼樣的人……如果你還在煩惱，我認為你就儘管煩惱吧。因為有人告訴過我，要是因為煩惱很痛苦，就選擇了輕鬆的選項，將來一定會後悔。」

好像是在準備主題審查會的時候，聽藤澤和希這麼說的吧。應該是這樣沒錯。

「我想要怎麼做……」

伊織彷彿夢囈般說著。

「不是任何人的意見，而是伊織自己的心情。不管評審委員的評價或者觀眾的感想，要不要再一次思考看看自己是怎麼想的，還有想要怎麼做？」

「我自己又是想怎麼做呢……想要成為什麼樣的人呢……也許老是意識到姊姊的事，最近變得不知道自己為什麼要彈琴了……我連這種事都搞不清楚。」

已經完全恢復冷靜的伊織，盤腿坐在地上。

他思考了一陣子之後，抬頭筆直看著空太。

「我知道了，空太學長。」

伊織的眼神好像已經下定決心。

「我會好好想想的。思考自己想做什麼，想成為什麼樣的人。」

「這樣就好。」

空太把手放在伊織頭上，抓亂他的頭髮。伊織難為情地激動起來。

「等一下，空太學長請不要這樣！頭髮會亂掉啦！」

嘴上雖然這麼說著，看來卻很開心的樣子。

「好像已經有結論了呢。」

跟在後面的七海，保持距離觀察狀況。真白與栞奈也在一起。

「哇、高尾山！」

伊織瞬間對栞奈起了反應，躲到空太背後。

與空太視線對上，栞奈便嘆了口氣，對伊織開口說道：

「剛才我說得太過分了。對不起。」

不太有誠意的樣子。

「我、我才沒放在心上呢。」

伊織完全在鬧彆扭。雖然同樣是一年級生，不過伊織的反應卻還很稚嫩。

「你那是什麼態度啊？」

栞奈對於伊織的態度感到不滿。

眼神變得越來越冷。

「我是說，不管絕壁眼鏡女對我說什麼，我都不會在意！」

從空太背後露出臉來的伊織，強硬地嘶吼著。

「企圖偷窺女子浴室的變態，到底在說什麼？」

栞奈擺出要徹底抗戰的姿態。

「你們要好好相處啦。」

空太一副放棄的樣子如此說著。這一瞬間，吹過一陣惡作劇的風。

栞奈的裙子被掀了起來。

「啊！」

栞奈立刻用雙手壓住裙襬，兩腳呈現內八狀態，身體向前傾。

站著的空太看不到裙子裡面，只是稍微瞄到雪白的大腿。不過，現在還坐在地上的伊織應該就不同了。從角度來說，大概看得一清二楚吧。證據就是，伊織正張合著嘴，手指著栞奈。

「妳、妳、妳那個是？」

雖然他試圖站起來，不過腿似乎完全沒力。過了一會兒，鼻血便流了下來。

「妳是因為這樣才來櫻花莊的嗎！」

栞奈連耳朵都漲紅了，低著頭以銳利的眼神瞪著伊織。那是蘊含殺意的視線。她就這樣快步逼近伊織，抓住他的前襟讓他起身。接著，俐落地給了他一記巴掌。

「啪」的清脆聲響迴盪在春季的天空下。

「變態！」

「妳才是變態吧！」

「太好了呢，伊織。」

「哪裡好！」

「你之前不是說過嗎？雖然情況有若干不同，不過，你說過想看可愛女孩子的裙底風光，然後跟她陷入緊張的關係吧。」

那是他第一天來到櫻花莊的事。他熱烈地說著與轉學生在街道轉角處相撞……之類的情況。

「我想看的是清純、純白的內褲！剛剛那個是全都露了吧！」

理所當然的，伊織又被賞了一記耳光，噴出更多鼻血。

4

先用面紙塞住伊織的鼻子，空太等人又回到音樂廳。因為伊織說想向比賽主辦單位好好道歉，於是決定陪他過去。況且，玻璃窗破了的休息室，也不能就那樣放著不管。

伊織精神可嘉地低頭道歉，擔任評審委員的大人們也覺得很滿足似的，離開前還跟伊織說

「下次再加油吧」。

至於休息室那邊，空太等人回來的時候已經整理好了，也向正好到休息室的總一郎說明過情況。總一郎沉默地聽完之後，只簡短說了句「這樣啊」，沒再多說什麼。不過，他在離開的時候拿出手機，搞不好是在傳簡訊給沙織。

空太等人留下還有話要跟音樂科老師談的伊織，再度離開音樂廳的時候，天空已經染成了茜紅色。

時間超過四點。

「青山，妳的練習怎麼辦？已經沒什麼時間了喔。」

空太走下音樂廳的階梯，如此問道。

甄選是在五點。雖然說場地是在同一個大學校園裡，不過到錄音室還有徒步約十分鐘的距離，所以差不多該開始移動了。況且也需要做好心理準備的時間吧。

「可以只拜託你一個場景嗎？」

「嗯，當然可以，我沒有問題。」

「那麼，我先回櫻花莊了。因為剛搬過來，還要整理行李。」

空太與七海有了結論之後，栞奈便如此說道。

「回去之後，也要記得穿內褲喔。」

栞奈猛然壓住裙襬。

「我、我知道啦。」

被瞪了。看來是對於剛才完全被伊織看到的事還耿耿於懷。不過，這也難怪……

「椎名呢？」

「我要去美術教室。」

正要開口問要不要一起去的時候，真白如此說道。

「空太，結束之後再過來。」

「我知道了。那麼，待會兒見了。」

真白與栞奈一起逐漸走遠。

目送她們的背影，空太開口問七海：

「青山，要在哪裡練習？」

「嗯～～那邊如何？」

七海手指的地方，是劇場的灰色屋頂。

「好久沒來這裡了呢。」

本以為說不定會上鎖，沒想到竟然輕易就進入劇場裡面。

打開觀眾席的門，七海面向銀幕，筆直走下緩階梯。因為沒有開燈，從門口射進來的光線是唯一的照明。

空太在後面晚了幾步跟上七海。

「大概半年沒來這裡了吧。」

在寬廣的空間裡，聲音沒有反射就被牆壁吸了進去。獨特的寂靜充滿了整個劇場。

「因為是去年的文化祭嘛。這樣啊，已經半年了啊。」

已經走到最前排的七海，感慨萬千地仰望銀幕。也許正回想起那天的興奮感吧。

空太稍微想起了那時的事。事實上，那個經驗對於現在的自己造成很大的影響。因為是第一次親身感受到那種幾乎要起雞皮疙瘩的喜悅，同時也學到了與別人共同製作的樂趣。

對七海來說，一定也擁有類似的意義吧。雖然無法隸屬聲優事務所，不過，這或許也成為讓她想再努力看看的原動力之一。

「那麼，來練習吧。」

七海帶著雀躍的動作，轉身面對還在階梯中間的空太。兩人距離大約五公尺左右。

「要練習哪個場景？」

「最前面……告白的地方開始吧。」

「我知道了。」

為了集中注意力，空太一度閉上眼睛。這麼做比較容易面對自己的情緒，也不會因為不小心與七海目光對上，而在還沒開始前就先感到不好意思。

雖然平常總是會花更多時間，不過今天在心理準備上倒是很容易。即使不用特別醞釀，即使不需要演技，內心也已經準備好了。

——那麼，這次的甄選結束之後，我再告訴你吧。

跟被女主角叫出來的男主角一樣，空太也與七海有了約定。

劇本的內容與空太所處的狀況極為相似。所以好像在演自己，心情上也能直率地融入角色。

空太緩緩張開眼睛。七海依然站在銀幕前。

聽到空太聲音的七海，微低著頭看著空太。

用力吸了口氣之後吐出來的台詞，應該沒有不自然的地方。

「『妳說突然有話要對我說……是什麼事？』」

「『嗯，是還滿重要的事……吧。』」

不知已經重複幾次，已經聽了幾次的台詞……即使如此，七海的第一聲還是讓空太悸動了一下。與以往有著某種決定性的不同。

還是熟悉的七海的聲音。不過，散發出來的氣氛完全不一樣。緊張與不安，害怕與難為情……這些全部混雜在一起。只是一句話，就足以將空太的冷靜連根拔起。

「『……』」

「『我……一直有話想對你說。』」

七海小心翼翼地發出每一個字、每一個音節，彷彿要將情感匯集為一……七海的言語，逐漸滲透到空太身體裡。

這時，空太終於懂了。這次與以往不同的地方……

「『這樣啊……』」

彷彿呼氣一般，自然回應著。

「『嗯，我……』」

七海微微上揚、顫抖的聲音，將自然的情感強烈傳達過來，轉變成緊張湧了上來。

「『我一直、一直……』」

七海拚命試圖戰勝膽怯的自己。

「『……』」

「『……我一直喜歡著你。好喜歡你。』」

停頓了一拍之後，七海鼓足勇氣說出了這句話。

聽到的瞬間，空太全身激烈感覺動搖。每一根神經都慌張地做出反應，毛孔全都打開來飆出汗水。心臟劇烈跳動到讓人懷疑是不是要爆炸了，彷彿其他生物一樣，撲通撲通地大鬧著。

「……」

空太已經完全搞不清楚狀況，半張著嘴，一動也不動。

腦中有台詞，要說出口的情感也了然於心。

「我也一樣，有同樣的心情。我也……」

好不容易擠出的是因緊張而沙啞的聲音。明明應該講得更確切，接下來的台詞卻說不出口。

「神田同學？」

「啊，呃……」

「台詞才講到一半喔？」

「啊，喔，說得也是。」

這個場景，應該在空太的「我也一樣，有同樣的心情。我也……一直喜歡妳」這句台詞之後結束。

空太的腦袋有些放空。

「抱歉。總覺得好像被青山的演技給吞噬了。」

「我的演技有那麼好嗎？」

「啊，嗯。真的很棒。是目前為止最棒的一次，我就好像真的被告白一樣緊張。之前美咲學姊所說不加修飾的自然感覺？我覺得剛才那個就是了。」

「這樣啊，太好了。」

七海露出放心的笑容。

「不過啊，那是理所當然的喔。」

這次彷彿自言自語般，七海閉上了眼睛。

「咦？」

她輕輕深呼吸。接著緩緩睜開眼，抬頭看著空太。

「因為剛才並不是在演戲。」

七海的聲音迴盪在整個劇場裡。

「……青山。」

七海直率地凝視著空太。蘊藏著決心與不安的曖昧眼眸，眼眸深處微微閃爍著。仔細一看，七海的腳也在發抖，膽怯有一半已經顯露在臉上。

即使如此，七海並不打算把接下來的話藏在心裡。

「我啊，最喜歡神田同學了。」

在只有兩人的劇場裡，聲音聽得很清晰。

「……」

「……」

一瞬間的寂靜。

「抱歉，我說錯了。」

不過，七海立刻如此說道。

「咦？」

空太發出疑問與驚愕的聲音。不過，這兩者立刻就消失無蹤。

「人家亂喜歡神田同學的。」

七海帶著有些勉強裝出來的笑容說出的情感，正中紅心射穿空太。

「……」

空太有種腿軟的感覺。畢竟這只是錯覺，他現在也還站在剛才站的位置。雖然站著，卻沒有站著的實感。腳底沒有知覺，膝蓋也使不上力。即使如此還是站著。

「啊～～竟然說出來了。」

七海仰天說著。

「對不起喔。」

她維持仰望的姿勢，如此說道。

「為什麼要道歉啊？」

空太的聲音有些變調沙啞。

「因為本來跟你約好甄選完再說……讓你嚇了一跳吧？」

七海這次則是微微低著頭，視線朝上問道。

那個約定果然就是指這件事。

「現在……不要給我答覆喔。」

「因為接下來還有甄選嘛。」

空太拚命想讓遲鈍的腦袋開始運作。話語似乎輕飄飄的，對自己說的話感覺不太協調。現在不管說什麼好像都不太有自信的感覺。

「這也是一個原因，還有就是，希望神田同學能仔細考慮看看。」

表情緊繃的七海，光明正大地正面說出她的情感。

「……」

「我知道神田同學喜歡的人是誰。」

「……」

「不過，請利用這個機會考慮一下。」

「……」

「也請你思考一下跟我成為男女朋友的未來。」

七海露出神清氣爽的表情，眼角及嘴角露出微笑。

空太深呼吸了一下，在心中反芻七海的情感，並確實收下。在確實理解了其中的意義之後，清楚回應：

「我知道了。我會考慮看看的。」

「謝謝你。那麼我去參加甄選囉。」

「加油喔。」

空太對著已經跨出腳步的背影如此說道。

「嗯。」

回過頭來的七海，以燦爛的笑容回應。

「我好像終於知道女主角的心情了……我會努力的。」

七海說完便跑了出去。

在那之後的二十分鐘後……空太在水高的美術教室裡。照真白所說的，結束與七海最後的練習之後，便來到這裡。

在窗戶邊準備了圓椅，眺望著傍晚的天空。

不過，空太並沒有正確認知映在自己眼裡的東西。老實說，就連剛剛是怎麼來到美術教室的都不太記得。雖然有片段的記憶，卻完全想不起來是走過什麼路過來的。

與真白之間也幾乎沒有對話。

「那麼，就開始吧。」

「嗯。」

來到美術教室之後，兩人只有這樣的對話，之後便沒再說什麼了。

腦中只有七海的事。

——人家亂喜歡神田同學的。

那個聲音緊黏在耳膜上，剝也剝不下來，不斷在腦內重複播放。

向空太告白的那一瞬間……甚至還企圖隱藏逞強的七海，拚命又勇敢的笑容讓人無法忘懷。

空太的身體裡彷彿開了一個大洞，全部都被七海給奪走了。取而代之留在空太心中的，是七海的情感所轉變成的難為情與開心。

空太受不了沉默，瞥了真白一眼。

她的身體有一半都藏在畫布後方。

「欸，青山。」

空太完全出於無意識，說出口的一瞬間，感覺到「糟了！」的心情化為緊張，流竄到全身。

不過，事到如今才慌張也無濟於事。

「……」

真白似乎沒有特別反應，精神集中在畫畫上，說不定並沒有聽到。就算這麼想，內心還是平靜不下來。

過了一下子，真白從畫布後方露出臉來。

「我不是七海。」

筆直凝視著空太。

「我是我。」

彷彿帶著質問的眼神。

「抱歉，我弄錯了。」

到底怎麼回事？連自己都不禁懷疑自己。

「為什麼？」

「……」

「從來就沒有弄錯過。」

「……這種事，偶爾也是會發生啊。」

空太內心很清楚那是因為受到剛才七海告白的影響。不，或許該說，最近與七海之間關係的變化才是原因。陪她練習固然也是，在遊樂園的約會也是如此，還有接吻……全都成為鮮明的記憶，刻劃在空太心中。七海在空太心中，從以前就是重要的存在。

「我不會弄錯。」

一如往常沉靜的聲音，卻又帶有明確的意志，蘊含不容動搖的意義。

「我不會把空太弄錯。」

空太對她重複的話，無話可說。

不管怎麼辯解都無法挽回，沒辦法重新來過，也已經不能以開玩笑敷衍過去。

「空太。」

「抱歉。以後我不會再弄錯了。」

空太好不容易才能這麼說道。

「不是那樣。」

不是那樣指的到底是什麼事呢？

不過，真白的回答與預想的不同。

「已經完成了。」

「……」

剛剛真白說了什麼？

已經完成了。

她是這麼說的嗎？

空太晚了一拍才感覺到驚訝。

「完成了？」

與剛才的對話毫無關聯。不過，空太沒有餘力注意這些。「這個時刻終於來了」這樣的情緒，單純地動搖著空太。

「畫完成了嗎？」

空太以顫抖的聲音向真白確認。

「是啊。」

沒錯。真白描繪空太的畫，已經完成了。

「成果呢？」

空太提問以鎮靜動搖。

「最高傑作。」

真白不是不服輸，也沒有自以為是。那句話，只是單純敘述事實罷了。

「可以看嗎？」

她曾經答應，要是完成了就會讓空太看。

「好啊。」

空太慢慢走向真白。

每走近一步，身體就變得緊張僵硬。

因為一直都有預感……

這幅畫完成的時候，就沒辦法跟以前一樣了。空太與真白的關係將會產生變化。

「空太，我啊……」

「……」

「我沒辦法像美咲那樣。」

空太搞不清楚她的用意為何，所以只是隨意回應：

「不管是誰都沒辦法像美咲學姊那樣吧。」

不過，真白並不是在說這個。她一臉認真地說著。

「我沒辦法像麗塔那樣。」

「……是啊。」

「我沒辦法像栞奈或志穗那樣。」

「……」

空太沒有作聲，彷彿被吸引過去似的靠近畫。一步又一步朝真白接近。

「我沒有辦法像普通人一樣。」

真白就在眼前。

「因為我沒辦法像七海那樣。」

「椎名？」

「我能做的只有這個而已。」

真白在畫的前方讓出位置給空太。

畫滿滿地飛進空太的視野裡。

一瞬間，感受到春天的強風掠過。當然，這只是自己多心了，因為窗戶是關著的。

真白的畫讓風吹動了起來，吹起了感情的風。

拂過臉頰的風停止後，空太的臉已經漲紅。

那是一幅空太成大字形睡在成堆的櫻花瓣上的畫。

周圍還有七隻貓咪，傳達出溫暖與溫柔。

睡臉顯得很沉穩安詳，充滿了感情與安心感。

空太不知道自己有這樣的表情。那是從未見過的表情，卻是令人憧憬的溫和柔軟。彷彿能夠承受一切的堅強，就蘊含在溫柔當中。

空太在真白眼裡是這個樣子嗎？這是太看得起他了。對他來說，實在是承擔不起的評價。

「不過，還好完成了。」

「……」

「我全部的情感……」

「……」

「已經描繪在這幅畫上了。」

「……」

支持真白畫畫的人，看到這幅圖會作何感想？

在英國的時候，教真白畫畫的老師，看到這幅畫會有什麼感覺呢？

擔任職業畫家的麗塔，看到這幅圖會說什麼呢？

評論家們，看到這幅畫會有什麼評價呢？

對他們而言，說不定這是一幅沒有任何價值的畫，說不定是不值得評論的人物畫而已。因為，模特兒是空太。

也可能根本就沒有藝術價值。

不過，對身為一名高中男生的神田空太而言，真白所描繪的畫，率直無誤地傳達了幾乎要把世界翻轉過來的意義。

當中充滿了一種情感，是真白想著空太的情感。

不需要其他語言。

看了真白的畫，空太打從心底這麼想著。

「欸，空太。」

「……」

「雖然我不知道明天會變成怎樣……」

真白就像要確認自己的心情一樣，一度停頓下來。

「可是，我啊……」

「……」

「我覺得自己是為了畫這幅畫，才一直畫畫到現在。」

真白流露出滿足的神情。

釋放出一切之後的安心笑容，沐浴在夕陽下閃耀著光芒。

「我的情感，空太收到了嗎？」

「嗯。」

「我喜歡空太。」

「……」

「即使空太喜歡七海，我還是喜歡空太。」

後記

隨著春天的造訪，第七集是春天的故事。

不過，這只是單純的偶然而已……

在下是鴨志田一。

前幾天就在某個咖啡店裡，點了咖啡，小心翼翼地端著放有咖啡的端盤時，睽違了十幾年，再度猛力撞到了頭。

為了避免咖啡灑出來，所以我視線朝下，注意手上的端盤，突然，額葉部位就受到了猛烈的撞擊。

因為完全沒有看上面，所以不知道發生了什麼事而感到一陣錯愕。一瞬間，還懷疑自己被什麼給襲擊了。

視線往上一看，前面正是咖啡店的招牌。於是明白了似乎是自己往招牌的一角撞上去，活生生就是自撞事故。

因為正好用力往前跨步出去，威力意外地不容小覷。

而且，還因為發出很大的聲音，所以也受到其他客人的注目。

總之，先若無其事地回到座位上。不過實在是很痛很痛……用手去摸，才發現明顯腫了一個大包。

當天，我早早便喝完咖啡回家去了。腫包持續了三天，總覺得隱約的抽痛與不協調的感覺，大約還留了一個禮拜左右。

過了幾天，我回想整個事件，好像有覺得「人還是應該往上看」，又好像沒有……不，是沒有這麼想啦。下次再進這家店的時候，會記得「注意招牌」就是了。

一切準備就緒。

這次，除了漫畫化、發售廣播劇ＣＤ之外，也發表了即將動畫化的消息。這都多虧了支持《櫻花莊的寵物女孩》的各位的福。如果各種形式的「櫻花莊」都能獲得與原作相同的支持，將會是我們的榮幸。

另外，官網（http://sakurasou.dengeki.com/）上，描述櫻花莊住宿生們日常生活的「櫻花莊會議紀錄」也已經更新。如果各位不嫌棄，也請上來看看。

最後，負責插畫的溝口ケージ老師，以及荒木責編，諸多勞煩兩位了。今後尚祈不吝指教。

下一回將在夏天？有種會是短篇集的預感。

鴨志田一

青春紀行 1~3 待續

作者：竹宮ゆゆこ　插畫：駒都えーじ

陷入低潮的柳澤光央，
被迫與香子和万里進行留宿大會！

　　喪失記憶的男人多田万里，與自稱超完美大小姐的加賀香子，終於可喜可賀地成為了男女朋友關係。另一方面，與琳達過去的關係被攤在陽光下，使得万里一直無法好好面對琳達。由竹宮ゆゆこ與駒都えーじ搭檔，聯手獻上的青春愛情喜劇第3彈！

各 **NT$180/HK$50**

Kadokawa Light Novels

Kadokawa Light Novels

©KOHJI NATSUMI 2011

奮鬥吧！系統工程師 1~5 待續

作者：夏海公司　插畫：Ixy

立華突然問工兵「你喜歡東日本還是西日本？」
沒想到竟是通往嚴酷出差生活的開端！

分成東西兩路的立華和工兵，任務是承接其他供應商的案子，負責到各個現場裝設資通設備。乍聽是非常簡單的業務，但是認知上的差異及安排上的疏失接踵而來，使得權限低微的兩人陷入了殘酷的困境!?

台湾角川

各 NT$180~190/HK$50

國家圖書館出版品預行編目資料

櫻花莊的寵物女孩 7 / 鴨志田一作 ; 一二三譯 . -- 初版 . -- 臺北市 : 臺灣國際角川 , 2010.09-

冊 ; 公分 . —— (Kadokawa fantastic novels)

譯自 : さくら荘のペットな彼女 7

ISBN 978-986-237-822-9(第 1 冊 : 平裝). --
ISBN 978-986-237-919-6(第 2 冊 : 平裝). --
ISBN 978-986-287-030-3(第 3 冊 : 平裝). --
ISBN 978-986-287-118-8(第 4 冊 : 平裝). --
ISBN 978-986-287-465-3(第 5 冊 : 平裝). --
ISBN 978-986-287-858-3(第 6 冊 : 平裝). --
ISBN 978-986-287-969-6(第 7 冊 : 平裝)

861.57 99014691

Kadokawa
Fantastic
Novels

櫻花莊的寵物女孩 7

（原著名：さくら荘のペットな彼女 7）

2012年11月3日　初版第1刷發行
2023年9月13日　初版第14刷發行

作　　者：鴨志田 一
插　　畫：溝口ケージ
日版設計：T
譯　　者：一二三

發 行 人：岩崎剛人
總 編 輯：蔡佩芬
編　　輯：孫千棻
美術設計：吳佳昫
印　　務：李明修（主任）、張加恩（主任）、張凱棋

發 行 所：台灣角川股份有限公司
地　　址：104台北市中山區松江路223號3樓
電　　話：（02）2515-3000
傳　　真：（02）2515-0033
網　　址：www.kadokawa.com.tw
劃撥帳戶：台灣角川股份有限公司
劃撥帳號：19487412
法律顧問：有澤法律事務所
製　　版：巨茂科技印刷有限公司
ＩＳＢＮ：978-986-287-969-6